河出文庫

私を見て、ぎゅっと愛して 上

七井翔子

河出書房新社

目次

私を見て、ぎゅっと愛して　上

飢(かつ)える心

十二月十五日

男が私の乳首を咥えながら、体の向きを変える。

私の中に挿れる指をもう一本増やしたのか、さっきよりも人差し指一本分だけの感覚が私の中で幽かに膨らむ。少し痛い。

でも、男の指の動きは意外と優しい。私はゆっくりと快感を手繰り寄せていく。

この男は何という名前だっけ、と男の指の感触を追いかけながら考える。でも、思い出したところでその名前はどうせ偽名だ。そんなことはわかっている。私だって偽名で会っている。そう、もともと名前なんかお互いどうでもいいのだ。

出会い系サイトで男と知り合って寝るようになってから、もう一年は経つ。

私には五年付き合っている彼氏がいる。結婚の約束までしている。でも私はこうして不定期に知らない男と寝ている。

私は男の体に、ぬくもりに、いつも渇いている。肌のぬくもりがないと不安になる。そのくせ、恋人のような真面目で優しい男に抱かれているとかえって不安になり、言いようのない焦燥が胸に宿る。どこの誰とも知らない男に、まるでモノのように乱雑な扱いをされ体を苛まれている時「この人は今、間違いなく私を必要としている」という安心感が私の心に満ちる。それはひどく歪んだ感情である。わかっている。わかっているけれど、それでも私の心は凪(な)いで平らかになる。

男が時計を気にしながら面倒くさそうに着替えている。所帯持ちなのか、服についたにおいをしきりに気にしている。私は男の横顔を見ながら、私のにおいが彼の妻の鼻腔にたどり着くことを想像する。それはけっこう楽しい想像だ。

彼の妻に対しても、私の彼氏に対しても、私自身に対しても、罪悪感というものがまったく心に湧き上がらないのはなぜだろう。

帰り際、もうすっかり食傷気味のキスをされながら、お定まりに「また会おうね」と言われる。私も黙って曖昧に笑う。男がくれた快感の波が、もう遥か遠くにあることを意識しながら、私は埃と精液のにおいの染み付いたラブホテルを出て男と別れ、わざと大きく息を吐いて、イヤなにおいを体からすべて剝ぎ取る。長い髪を後ろで一つにまとめ、本当の自分の名前を再び身に纏(まと)い歩き出す。

十二月十六日

夜。仕事を終えた後、彼氏の諒一(りょういち)くんが私のアパートに来る。一緒に鍋を囲む。きりたんぽがとても美味しい。彼は甲斐甲斐しく鍋を作ってくれる。

彼は人の噂話や悪口が嫌いで、話すことといえば誰かを褒める話とか、平和な時事話とか、身の回りに起こった少し可笑しかったり少し物悲しかったり、そんな些細で、穏やかな話を丁寧に語る。

私はそんな彼を本当にいい人だと思う。彼の、柔らかな髪と涼やかな瞳。包み込むような静かな笑顔。長年一緒に過ごしてきた人のような安堵感とやすらかさ。

でも、彼の温厚な笑顔と生来のまっすぐな性格に、少しだけ距離を感じていることは否めない。それは誰にも内緒だ。誰にも悟られてはいけない感情だ。

「ね、諒一くん、そっちに行っていい？」

私は彼の隣に座って唇を彼の首に当てる。彼は少し戸惑いながら私を抱き寄せる。その手はどこまでも温かい。しかしその温かさは、私に滾（たぎ）る温度には遥か遠い。

「翔子、今日は疲れただろう。ゆっくり休んだら。僕はそろそろ帰るから」

軽いキス。柔らかな声。何も攻撃しない、だけど何も求めていない、優しい、限りなく優しい掌の温度。

彼は手際よく洗い物を済ませて、手を振り帰っていく。私はにこにこと手を振り返し見送るけれど、この心の空隙（くうげき）は圧倒的だ。


真夜中。どうしても眠れずに睡眠薬の量を増やす。

妙に頭の芯が冴え切っている。私はベッドから起き上がり、寒さと不安で震える指でパソコンに触れる。出会い系サイトのメッセージボックスには、いくつもの欲望が腐臭を放ちながら滾り、渦を巻いている。

「初めまして。僕は三十一歳の既婚者です。あなたのプロフを見て合いそうだなと思いました。実は妻とは二年間もセックスがなく……ぜひ僕と一度会いませんか？　良いお返事、待ってま～す♪」

いつ見てもどれを見ても似たり寄ったりの文面で始まっているなと思いながら、私は適当な人を選んで同じ文章で送り返す。

「メッセージアリガトウ　タノシソウナ　カタダナァトオモッテ　オヘンジイタシマスドンナジョセイガ　オスキデスカ……」

……ああ、面倒くさい。こんな手続きはいいから早く寝たい。誰でもいい。早く誰かと寝たい。ほら、早くここに来て。私を抱きしめて。壊して早く、早く、早く……。心の奥から怒濤の如く、黒く赤く、熱いものが沸き立ち叫び始める。その叫びは私の指先から次々と溢(こぼ)れ始め、パソコンの画面に吸い込まれていく。溢れた私の叫びはきっと明日には誰かに拾われ、また私は誰かに抱かれ、悦びの声を上げるのだ。

唐突に、背中の真ん中へんに虚無が襲う。いけない、いけない。それを見てはいけない。感じてはいけない。私は虚しくなんかない。悲しくなんかない。

急に襲ってきた自己嫌悪の波を必死で振り払いながら、私は白い錠剤が連れてきた睡魔にようやく抱かれ、やっとやすらぐ。私の眠りは、いつもこんなふうに引き裂かれるように始まる。

十二月十八日

仕事が忙しい。師走とはよく言ったものだ。私の勤務する塾業界で一番緊迫するのはもちろん年明けだが、受験生にとって冬休みは一番大切な最後の追い込み時期である。講師は受験生のやる気を削がないよう、熱意を持って応えなければならない。

私の職場は大手の進学塾で、生徒数も少なくはない。母は高校教師になってほしかったと度々言うが、部活動や運動会などの年中行事をしないで済むこの仕事が私には合っていると思っている。塾講師は成績を上げられないと、どんなにキャリアを積んでも「任せられないヤツ」という烙印が押される。実績を残してナンボの仕事。気を抜ける仕事ではないが、仕事の出来不出来は生徒の取る点数となって如実に反映される。このわかりやすさは、私にとってはプレッシャーであり、やり甲斐でもある。

進学塾での国語の塾講師という職業は、私には至極合う仕事だと思っている。

十二月二十三日

夕方、生徒の保護者から直接私に電話がある。あまりこういうことはないので、身構えて電話を取る。クレームなら逃げずに向かい合わなければならない。

緊張して電話口に出ると、単に「七井先生、今年もお世話になりました」という年末のお決まりの挨拶だった。安堵して明るく対応する。

「今年は喪中でして、先生に年賀状が出せないものですから、お電話で失礼かと思いましたが一言ご挨拶をと思いまして……」と終始平身低頭な声。自分の息子は可愛いのだろう、特別に目をかけてやってほしいと遠回しに言われる。でも、私の場合、目をかけたいのはこうして親御さんに気にかけてもらえない子供だ。

電話の向こうでずっと謙る母親の声を聞きながら、「私なんて、母にこんなふうに気にかけてもらったことなど一度もなかったのに」という場違いな感情が私を射る。そして一瞬、私の母の癇性な声が脳裏を過る。電話しながら頬が引き攣る。

でも、考えてみたら私は成績のことで母を困らせたことは一度もなかったはず。母に嫌われたくない一心でいつも机に向かっていたし、成績はずっとトップクラスだった。でも、どんなにいい成績を取っても、母が私に対して喜びの表情を見せたことは一度もなかった。なんとかして母の笑顔を思い出そうとするが、いつもうまくいかない。母の笑顔ってどんなんだっけ。わからない。どうして浮かばないの。心がざらり、と音を立てるのがわかる。

帰宅してからまた出会い系サイトを開く。また今日もたくさんのメッセージで溢れかえっている。すごいな、私を求めている人がこんなにいる。そんなに私がほしいの。

私はひとつひとつの文をわざとゆっくり読む。一文字一文字、心の奥に少しずつ流し込む。空疎な言葉でも、私の空隙は一応は埋まる。

十二月二十八日

こうしてブログで日記を書くようになって「書く」という行為について考える。

本来ならとてもプライベートなことをこうしてネットに公開して「人の目」を意識して書いているという時点でもうこれは単なる日記ではなく、厳密に言うなら私自身の公開記録ということになるのかもしれない。

九時頃、珍しく母から電話がある。私は身構える。何をそんなに緊張するというのか。「翔子、お正月は帰ってこられるのよね？」ただの帰省の確認の電話だ。母はもしかしたら私を待っていてくれるのかな、と少し嬉しくなって「うん、大晦日まで仕事するけど元日には帰るからね」とわざと声を高くして話すと、「ああ、そうなの」と拍子抜けした声。本当は私に帰ってきてほしくなくて電話したのだろうかと疑心し、疑心している自分に辟易する。

「今年は元日にみんな集まるから、なるべく早く来て手伝ってちょうだいね」

屈託のない声を聞いてようやく緊張が少し解ける。母の言葉に一喜一憂している自分が心底忌々しい。

電話を切ってから妙に落ち着かず、ふと学生の頃によくやっていたリストカットをしたくなる。カッターを探す。でもすぐに「いい歳して何やってるの、あなたはもうすぐ三十四歳、こんなことをしてはいけない」というもう一人の自分の声が聞こえる。

リストカットしたところで、決して心の不安が消えないことはとうの昔にわかっている。もうそんな子供じみた行為は卒業したはずだ。

机の抽斗の奥に錆びたカッターを見つける。私はゆっくりと刃先を出してみる。左手の人差し指に尖った部分を当てると、血液が滲む。小さな丸を描いた私の血は、紛れもなく母から受け継いだものだ。舌先で人差し指を舐める。鉄の味がする。すぐに血は止まるが、動悸が始まるのを感じる。鈍い地響きのような鼓動を聞いていると、心の奥の片隅に沼が見えてくる。怖い。あの沼に引きずり込まれると私は這い上がれない。薬。薬を飲まなくちゃ。手を伸ばす。精神安定剤を切らしていることに気付く。すると不安が増大してパニックを起こしそうになる。沼が迫る。怖い。怖い。

私はすぐに親友の穂波由香に電話する。彼女はこんなことには慣れているので、さほど慌てても騒ぎもしない。私を落ち着かせようと電話の向こうで穏やかな声を届けながらゆっくりと私を包み込む。

さっきから私を苛んでいる「一人では何もできないくせに」という幻聴が、電話の向こうの由香の声で鎮められていく。

由香が言う。「カッターは捨てて、今日はもう寝ようよ。安定剤がなくても睡眠薬ならあるんでしょ？　大丈夫よ、翔子は明日にはきっと元気になってるよ。大丈夫！」

私を決して否定せず、励まし続ける由香。彼女はいつも私を拒まない。この寛容さで今まで私はどれだけ救われてきただろう。

十二月三十一日

仕事納め。朝のうちはまだ少し不安定だったけれど、仕事を始めてみると昨日の不安発作が嘘のように遠のく。年の瀬に仕事をすることで体の隅々に充実感が漲ってくる。誰かに抱かれたいと唐突に思う。彼に会うことも考えたけれど、彼とする穏やかなセックスではなくて、今日はどうしても誰かに乱暴に扱われたい。

数日前にいつもの出会い系サイトで知り合った品の良さそうなオジサマを思い出し、急遽待ち合わせすることにする。

初めての人と会う時は、いつもとても緊張する。どんな人が来るかわからないし、写真を事前に見ていたとしても、それが本人かどうかもわからない。もちろんプロフィールは自分がそうであるように、大概の場合は嘘八百である。だが、実際に会ってみたらオジサマはほぼ写真のままであり、身につけているものも高級そうで着こなしもオシャレだった。歳は六十代後半というところだろうか。この男性はマメな人で、毎日二通は丁寧で長いメッセージを送ってくれていた。正直、ご年配の方の日常を読むのはそれほど面白くはないけれど、文章がわりと上手なので楽しんで読んでいた。

会って話しても話題の豊富さは変わらなかった。すぐに話がまとまってラブホテルに直行する。

ラブホに入ってもずっとおしゃべりしているんだろうなと思っていたら、予想に反してとても興奮しているのか、すぐに挿れたがる。服を着たまま一回。その後はちょっと

SMプレイ。椅子に縛られる。こんなことは初めてだ。縛られることに一瞬恐怖を感じたけれど、大きく足を開かされて卑猥な言葉を浴びせられているうちに、体と心が遊離して意識が遠くなる。

私は大きく声を上げる。自分の声が自分を貫くのがわかる。私はいったい何に感じているのか、何に叫んでいるのか。腰を振りながら眦を割く涙は、腐った泥水のようだ。

一月一日

今日も早起きだ。実家に帰省しなければならない。私の実家は車で一時間ほどで着く場所だが、今年は電車を使うことにした。元日の今日は朝からポカポカと暖かい。せっかく奮発したチンチラのコートはまだ一度も出番がないなと思いながら、両親が好みそうな服を選ぶ。父と母は私が真面目一本槍の塾講師だと信じているので、その信頼は絶対に裏切れない。清楚なフレアスカートと地味なグレーのセーターを合わせる。

手土産を買っていこうと思ったが、母の手料理にはどんなに美味しいものも絶対に敵わないので買うのをやめる。母は料理の天才だ。私も料理は好きだが、母と比べたらとても得意だなどとは言えない。

実家では七歳上の杏子姉さん、四歳上の陽一兄さん、一つ下の弟の一樹が父と歓談していた。みんな元気そうで何よりだ。私にとっては独身最後のお正月になるし、みんなとなるべくたくさん話をしようと思うけれど、気の利いた話題がどうやっても浮かばず非常に難儀して、結局無口の私だった。

一月六日

誕生日。三十四歳になってしまった。二十歳になったばかりの頃、私は三十歳までには子供を二人くらいもうけるつもりでいた。どこでこうなってしまったのかな。

今日、諒一くんは出張で遠くの街にいる。

「翔子の誕生日だから、夜に少しだけ顔を見に帰るよ」とメールが来たけれど、私は断った。今日は誰とも会わず、誰ともセックスしないと決めた。

開設したばかりのブログにアクセスしてみたら、たくさんコメントが寄せられている。ネットの繋がりって面白い。でもまだその反面、ちょっと怖くて警戒している。

一月八日

朝、カーテンから漏れる光で目が覚める。隣人の使う掃除機の音がする。一人暮らしが気楽なのは、誰にも気を遣わずに自分のペースで行動できることだ。こうして午前十時まで寝て、お昼ごろ洗濯物を干したりしても誰にも何も言われない。誰にも干渉されないこの空間を私は大切にしている。

午後二時から今年はじめての診察がある。

私は定期的にメンタルクリニックに通っている。通い始めてもう何年経つだろう。私はアダルトチルドレンから派生するさまざまな精神疾患ともうずいぶん長いこと向き合っている。うつ病、摂食障害、パニック発作など症状は多岐にわたる。特に私の場合は不安症状が強く出る。ひとたび不安の陥穽（かんせい）に嵌まってしまうと、自分の力だけではどうしようもなくなる。深い穴の底からどうあがいても脱出できなくなると、外部との繋がりがひどく歪み、感情の発露の仕方を途端に見失う。今日は朝、軽い不安発作があった。すぐに精神安定剤に頼ってしまう弱い自分を持て余している。

ここには常駐しているカウンセラーはいない。

本来ならここから歩いて数分のカウンセリングセンターに出向いて臨床心理士のカウンセリングを受けなければならない。

しかし、私がそれを強引に拒んだ。

「他の人に醜い秘密を打ち明けられる勇気は今後も絶対に湧かない。名木（なぎ）先生だけに話を聞いてほしい」と乞う私に、名木先生が苦渋の末に応えてくださった形だ。

私が出会い系サイトで遊んでいることを知っているのは、この世でたった二人だけだ。一人は幼稚園からの長い付き合いになる親友の由香。彼女は真面目に仕事をしてまっとうに生活し、そしてふさわしい相手と恋愛をしてきた、きわめて常識的で、理知的な女性だ。あらゆる面で私をずっと支えてくれた唯一無二の存在だ。

彼女は、当然私が出会い系で遊ぶことをどう話しても強固に反対していて、全く耳を貸さない。［危険だから］という理由が一番大きい。由香が私をいつも案じていてくれるという甘ったれた感情が私の中にあることは、私自身もわかっている。

もう一人は、私が通っているメンタルクリニックの主治医である名木文世医師。この女医に、私は畏怖と憧憬と羨望と親近感と、多様な感情を抱いている。でも、ずっと通い続けていられるのだから、私はこの医師をきっと好きなんだと思う。

私は相性のいい精神科医を三軒目でようやく見つけることができた。名木医師は私を拒絶しない。侮蔑しない。そのことがようやく最近わかってきて、クリニックに行くと私の別の居場所があるような感覚を抱くようになってきた。

出会い系サイトでセックスの相手を探さなければならないほどの心と体の飢餓感は、セックス依存に陥っている可能性があると名木医師が診断している。そして、この無鉄砲な行為は［病気］と認知され、私は［治療］を受けている立場だ。でも私はそのことをしばしば忘れている。忘れていたほうが奔放にセックスするのに好都合だからだ。ブログを開設して自分の気持ちを文字にして昇華するという方法を見つけ、私はずいぶんと精神衛生上助かっている。ブログのコメント欄で反応をいただけるのは嬉しい。

一月十五日

通院の日。今日は朝一の予約だ。アパートを出ると冷気が私の頬を打つ。マフラーを口元までぐっと引き上げて急ぎ足で駅に向かう。

二駅先の駅前のビルの四階。【名木メンタルクリニック】の看板が見える。白地にクローバーがあしらわれた愛らしい看板を見るだけで、病院のにおいが私の中に入ってくる。

クリニックの待合室は広い。顔見知りの摂食障害の女性と挨拶をして少し話す。彼女はいつ見てもオドオドしているが、人当たりがとても優しい。ガリガリに痩せた体軀と、とても小さな声。目はくぼんでいて肌艶（はだつや）はないが、おそらく年齢はかなり若いはずだ。ふと、この人はセックスしたことはあるんだろうか、と考える。

一月十六日

今日も寒い。かじかんだ手をこすり合わせながら出勤する。

職場に着くと「翔子先生おはよう。なんかさっきハシガヤさんって人から電話あったよ」と社会科担当の若林信夫（わかばやしのぶお）先生に言われる。

「ハシガヤ」が諒一くんの名字「橋ヶ谷」だと気付くのに一瞬間が空く。どうしてケイタイに連絡しないんだろうと怪訝に思ってこちらから掛け直すが通じない。

「ハシガヤさんって、もしかして翔子先生の婚約者？　感じの良い人じゃん」

若林先生が教材を運びながら大きな声で尋ねる。

「はい、まあ……」恥ずかしくなって口ごもる。なんと言い返すのが適切なのか言葉が出てこない。

その後、先日の定期テストの回答の採点作業をしていると、再び彼から電話がある。

「ケイタイを落としてしまって修理に出したんだ。職場に連絡してゴメン。翔子の番号を記憶してなくて、職場の電話番号を調べて掛けた。勝手にゴメン。今日、仕事が長引きそうだから翔子のところに行けなくなってしまって。ゴメン」

何度もゴメンと謝る諒一くんは消え入るような声。そうだった。今日会う約束をしていたんだったと思い出す。

「わざわざありがとう。わかったわ。大丈夫よ。これから授業だから、またね」と努めて明るく小声で応え、ケイタイの番号を伝えて電話を切る。

「へぇ、彼氏にはしおらしい声出すんだねぇ翔子センセ」

若林先生がいつものようにからかってくる。まだ何か言いたげだ。

「うるさいわねぇ。若林先生だって彼女の前ではカッコつけて話すんでしょ？」

「カッコつけなくても俺はもともとカッコイイからその必要はないんだな。おい見ろよ、この軽快な身のこなし」

若林先生はその場で一回転し、腰に手をやり足を大股に開いて「ふ～じこちゃ～ん」とルパンのマネまでしてみせる。思わず吹き出す。

「ルパンはもっと細身よ。そんなにガタイのいいルパンがどこにいるのよ」

笑わせにかかっているのはわかるが、ここでノッてしまうと仕事にならないので、吹き出しそうになるのをぐっと堪える。

若林先生は人見知りの私が珍しくなんにも構えずに話せる同僚だ。顔を合わせればお互い軽口を叩きあえて、今日のような冗談も交わしあえる、私にとってはある意味貴重な存在である。彼にはしょっちゅう着ている服をけなされ、髪型を笑われたりもするので、冗談だとわかっていても喧嘩になることさえある。

しかし、若林先生の仕事への姿勢や指導内容には尊敬すべきところが多々ある。生徒たちに慕われ、生徒の親御さんにも厚い信頼を得ている彼を、口には出さないが敬服している。筋肉質でガッチリした体軀、健康的な肌色と濃い顔立ち。鷹揚で大らかな見た目に反して、人が気付かないところで濃やかな気遣いができるところがある。入社以来、とてもよい距離を保ちながらお互いに刺激を受けつつ仕事ができることを、とてもありがたいと思っている。

「結婚式っていつだったっけ？　俺、余興で翔子先生のモノマネやろうかな」

「やめてよ、お客さん帰っちゃうわよ。それに何よ私のモノマネって意味わかんない」

「で、もう指輪は買ったんだろ？」いつになく話題を引っ張るなと思いながら私はさり気なく話題を変える。

「さあ、早く準備しないと、そろそろ生徒たちやってくるわよ」

そこに数学担当の江口百菜先生が出勤してくる。まだ一年目の若き有望株だ。新人でありながら、毅然とした落ち着きがある。トレードマークのピンクの縁取りのメガネが今日もとても良く似合っている。江口先生はまっすぐに給湯室に向かいながら、「お疲れ様です。今日も寒いですねぇ。先輩、コーヒー淹れますね」と笑う。

今日もまた仕事が始まる。さあ、頑張ろうと小さく気合を入れて、私は回答用紙をトントンとまとめ、授業内容をもう一度見直す。

一月十九日
朝から頭痛。瞼も腫れている。昨夜のことを反芻して身震いをする。

昨日の朝、母から電話があり、杏子姉さんが電気毛布をプレゼントしてくれた、杏子はお前と違って親思いで気が利く、お前はまるで思いやりがないということを遠まわしに言われ、非常に傷つく。でも、傷ついたことを悟られまいと必死に杏子姉さんの行いを褒めちぎる。そういう自分の欺瞞とまやかしが赦せなくて、吐きそうになる。

もやもやとした気持ちを抱えながら、私はまた出会い系サイトで知らない男を探す。すぐに相手は見つかった。某有名大学の四年生だという。

「彼女はいるんだけどー、なんかすっげぇ淡白でさ。俺、いっつも欲求不満なんスよ。ホテル代ないんで、もしよかったら俺んち来ませんか？　美味しいチーズもあるんでご馳走しますよ！」屈託のない邪気のない口調。

私は出会い系で会う人の家に行ったことはない。理由は単純、危険だからだ。でも、私の心にどこか緩みがあったんだろう、昨日はノコノコと指定されたマンションに出かけていってしまった。

でも、私が甘かった。ドアを開けるとそこには複数の男がいた。コウキと名乗っていた大学生の手の甲には蛇のタトゥーが見える。絶対に大学生なんかじゃないだろう。写真の爽やかさとは程遠い品のない笑い顔。後ろに控えている男は三人はいるだろうか、皆同じような下卑（げび）た含み笑いをこちらに向けている。そしてやがてこちらに向かって何本もの手が差し出される。

本能的に体全体がこの場所とこの人達を拒絶する。これは危ない、と思う間もなく、体が翻る。マンションの六階。怖い。私は階段を駆け下りる。男達はエレベーターで追いかけてくるはずだ。どうしよう追いつかれてしまう。

パニックになった私はヒールを捨てて裸足で階段を降りる。ヒールの音が消える。マンションのエントランスで思い切り躓（つまず）く。怖い。追いつかれたらどうしよう。

でも、なぜか、彼らは私を諦めたのか、そのまま逃げ切れた。

出会い系サイトで簡単に得られる快感の代償は、とてつもないリスクの大きさだ。いとも簡単に非日常の恐怖を投げつけられる。今日は逃げおおせたから良かったものの、相手がもっと凶暴で諦めの悪い人たちだったら、あのまま私は複数の男達に殴られ犯され、心も体も傷だらけになりボロ布（きれ）のように扱われ、ズタズタにされていたはずだ。そして、もしそうなったとしても世間からは自業自得と言われてオシマイ。誰も同情してはくれまい。何もかも引き裂かれた自分の姿を想像すると、心底ゾッとして背筋が凍る。本当に怖い。これからは、会うまでにもっと時間を掛けて相手を観察しなければ。そしてどんなにいい人そうでも、相手の指定する場所にやすやすと行くことは絶対にしないようにと心に誓った。

一月二十日

ようやく仕事休み。久しぶりに由香と会う。

彼女は家族と暮らしている。私の住んでいるアパートからは車で三十分。

彼女とは幼稚園からの付き合いなので、由香のご両親も私にはあまり気を遣わず、私も勝手知ったる親友の家、自由に振る舞うことができるので、由香の家は私にとってとても居心地のいい場所のひとつだ。

由香は私の顔を見るなり、開口一番「翔子、また何かあったでしょ」と言う。

私はここで誤魔化そうか認めようかと一瞬逡巡するが、どうせ隠したって由香には見抜かれるとさっさと諦めて、すべて話すことを決める。

「うん、昨日、ちょっとね……」言いかけて、思いがけず泣きそうになる。

「翔子、今日は顔がむくんでるよ。どうしたの。大丈夫なの?」

限りなくあたたかく優しい声。由香の声は、小さい頃に愛用していた猫の刺繡があしらわれたふかふかのタオルみたいだ。

「複数の人に犯されそうになったの。逃げられたから被害はなかったけど、怖かった」

由香の目を見ずに一気に言うと、彼女は黙ってお茶を淹れる。彼女の淹れてくれる紅茶は世界一美味しい飲み物だ。

彼女の横顔はとても綺麗だ。黒くてまっすぐな髪を肩まで伸ばし、毛先だけ跳ねさせたヘアスタイルは、彼女の小さな顔によく似合っている。彼女の髪からはいつも百合のような清涼な香りがする。小柄で華奢な体型は十年以上ほぼ変わっていない。

幅の狭い二重瞼のつぶらな瞳と、意志の強そうな薄い唇は多少アンバランスではあるが、そのアンバランスさが彼女の一見硬そうな印象をじゅうぶん和らげていて、それが由香の最大の魅力になっていると思う。才媛ではあるけれど、親しみやすい優しい雰囲気を醸している。男好きする顔だと言うと彼女はひどく傷ついた表情をするけれど、決して派手さはないが、女である私から見ても可愛らしい魅力的な女性だと思う。

どうして私みたいな女と気が合うのかは二人とも実はよくわかっていない。

ただ、私は彼女のことが大好きだ。ある意味、自分自身よりも彼女を信頼している。有無を言わせず「そんなことはもうやめなさい」とピシャッと窘められると思っていたが、意外にも由香は穏やかな声で言う。

「そんな目に遭っても、諒一さんを裏切ってまでそういうことをやめられないのでしょう？　知らない人と寝ることが今の翔子を救っているんでしょう？」

私は俯（うつむ）く。そうか、普通ならもうやめるのか。考えてもいなかった。この次はうまくやろうとしか考えていなかった。

ダージリンの良い香りが部屋を満たしていく。相変わらずとても素敵な香りだ。

「結局さあ、あなたは、『酔ってる』のよ」

「え？」

「幼少期に母親の愛情を得られなかった、カワイソウな私。文句のつけようがない婚約者がいても、ココロが満たされないカワイソウな私にね」

いくらあなただって言っていいことと悪いことがあるわよ、と言いかけて、ド真ん中図星なことに気付いて、ひどくうろたえる。

「こんなことハッキリ言う人は私の他にはいないでしょうね。でも、メンタルクリニックに行ってどんなに薬を飲んだって、根底にあるのは母親からの愛情をずっと欲しがっている子供、それなのよ」

由香の淹れてくれたダージリンをひとくち飲む。私の好みのブレンドを熟知してくれている由香の紅茶。体内に流すごとに心が解（ほど）けていくのがわかる。

由香が微笑みながら言う。

「諒一さんみたいな人、翔子にはもったいないと私は思うわよ」

「それはわかってるわよ」

「翔子のことあれだけいつも想っていて、いつも変わらず愛してくれて、ずっと穏やかでいてくれる諒一さんって、私から見たら神様みたいに見える」

「え、神様って大げさよね」

「いえいえ、あんなに真面目で善良で優しい人なんて、なかなかいないわよ。もっと諒一さんの価値を噛みしめるべきよ、翔子は」

ドアがノックされる。「由香、これもお出ししたら？」由香のお母様が顔を覗かせる。

「こんにちは。お邪魔しています。あ、どうぞお構いなく」

私が挨拶をすると、ドアの隙間からフィナンシェが見える。由香が焼いておいてくれたものだろう。

「翔子ちゃん、ゆっくりしていってね」

由香のお母様が柔和な微笑みを投げてくれる。笑った目が由香とそっくりだ。

いつの間にか夕暮れ。由香の部屋の窓から夕焼けの茜色が流れ込んでいる。

こんな時間が私はとても好きだ。由香といると、私はこんなにも穏やかになれる。

「ごめんね、いつもいろいろ心配かけて」

「そう思うなら、もう心配かけるようなことはしないでほしいな。案外さ、翔子が遊んでること、諒一さんは全部知っていたりして」

「えー、それはないよ。絶対にない」

「そうかしら。あれだけ翔子のことを見ている人が何も気付かないなんて、そのほうが不自然のような気がするけれど」

背中がひんやりする。彼に知られたら、私はどうしたらいいのだろう。考えたこともなかった。

「とにかくもう、危ないことはやめて。何かあってからでは遅いのよ」

ごめんなさい心配かけて、とさっきと全く同じことを言おうとして、謝るくらいならなぜ正せないのかと自問し、押し黙る。諒一くんの優しい声が不意に心に蘇る。どうするのが最善なのかが、本当にわからない。

一月二十二日
諒一くんが私のアパートに来る。

久しぶりに会う彼は、どことなくフィルターがかかっているように見える。靄がかかった彼の姿を見て、私は泣き出しそうになる。

「なんかさ、翔子、また痩せたね」

「そんなことはないよ」繕う私。

「今日は僕がなにか作ってあげるよ」そう言って彼はキッチンに立つ。

「寒いからさぁ、もっと栄養摂って脂肪つけなくちゃ」やがて彼は楽しそうに料理を始める、美味しそうな、温かな、そしてとても幸せなにおい。

そのにおいは、海溝にいる私に少しだけ光を当てる。見事に仕上がったロールキャベツの艶やかな色。ふわふわと漂うソースの香り。彼は私を元気づけようと明るい話題を振りまく。

彼だって仕事でイヤなこともあるだろう。私に愚痴を聞いてもらいたいことだってあるに違いない。私を包容するだけでなく、時に包容してもらいたいこともあるはずだ。でも、彼は私の不安発作が出ないよう、絶えず気遣ってくれる。メンタルクリニックに通っている私の心の状態をいつも最優先にしてくれる。

由香の言った「彼は神様みたいよ」という言葉が蘇る。そうか、私は神様を欺いているのか、と思うとふと残忍な気持ちになる。

「いま、すべてを話したら、この人はどうなるだろう」

いっそ全部話したらラクになれるかもと投げやりな感情が湧く。ああ、なんて身勝手な私。どうしようもない。人として終わっている。その時、メールの着信音が思いのほか大きく響く。昨日出会い系サイトで約束した人からに違いない。

「着信が来ているみたいだけど大丈夫なの?」さして興味なさそうに彼が言う。

ダイジョウブジャナイヨ　アナタノメノマエニイル　コイビトハ　ミズシラズノ　ホカノオトコト　ヘイキデネルヨウナ　イヤシイ　ミニクイ　オンナナンダヨ
私の頭の後ろで声がする。止まらない。止まらない。どうしよう彼に聞こえたらどうしよう。

「ね、諒一くん、今日は泊まっていけるでしょう?」

頭の後ろの声を振り切るようにわざと大きい声で訊く。彼はにこにこと笑いながら、

「明日早いから、もう帰るよ」と言って私の頭を撫でる。

どうして彼女と会ってセックスしないで帰ってしまうのか、私にはわからない。

「会うたびにしようって言うのはどこか強迫的だよ」

彼の言うこともわからなくはない。

でも、求められていないことがわかると本当に不安になる。人として価値がないのではないかと焦ってしまう。

どこの誰とも知らない人と、もっともっとセックスしまくって、するすると奈落に陥落していったらどんなに気持ちがいいだろうと思う。きっとその陥落した穴の中は、罪を逃れようともがく人たちで溢れているだろう。でも、そんな退廃に身を置く自分を想像すると、ひどく満ち足りる自分がいる。恍惚とした気分になり、精神が安定する。

いっそのこと自分の手で深い昏い穴を穿ち、身を沈めてみたい。

そして汚穢にまみれて呼吸を塞がれ、いつか息絶えていくのだ。

ああ、なんという堕落。なんという快感。

私は穢れているのか、罪深いのか、そんなわかりきったことを問いかけながら、彼の座っていたソファーの前にペタンと座り、諒一くんの作った冷めた料理の残りをただ、じっと見つめている。

一月三十日

私が心の病に罹患しているのは、幼児期の家庭環境に起因していると診断されてはいる。でも、私は半分信じて半分信じていない。今は思う。誰のせいでもないんだと。

母と父は一時、離婚寸前だった。父の浮気が発覚し、母は半狂乱になった。でも、事情を飲み込めない幼かった私は、母の癇性を黙って受容することでしか生きられなかった。

ある日、突然母は私の首を絞めた。その時の私は「死ぬ」という意識はなく、ひたすら苦しいとだけ感じながら昏倒した。お茶の間に飾ってあった竜胆（りんどう）の花だけが脳裏に刻まれ、私は堕（お）ちていった。母は入院し、私は親戚の家に預けられた。私は今でもこの花を見ると発作的に駆け出したくなる。

こうして文章を綴って自分を剝（は）いでいくという行為は、ある意味露悪的で悪趣味な行為だ。でも、私は被（かず）くことを決めた。

それで自分の懊悩（おうのう）が融解するのはありがたいことだと思う。ブログのコメント欄に溢れる言葉の海に私は揺蕩（たゆた）い、とてもやすらかな気持ちになれる。

二月一日

珍しく仕事で失敗してしまい、落ち込んでいた。

トボトボと道を歩いていると、前から親子連れ三人が歩いてくる。とても楽しそうだ。

父親と母親が真ん中で子供を挟み、繋いだ手を揺らしながら、これ以上ないほど幸せそうに笑っている。父親のほうを、どこかで見たことがあると思ったら、出会い系で知り合って一度だけ寝たことのある人だった。その人は私を見て、明らかに気付いた。目を逸らす。逸らす。逸らす。その逸らし方は尋常ではない。

「絶対無視してくれ、話しかけてくれるな」という無言の強い圧。

馬鹿ねぇ、声かけるなんてことするわけないじゃないの。そんなにビクビクしないでよ、と心の中で毒づきながらすれ違う。あんなに幸せそうに見える家庭、家族。それなのに彼は出会い系で女を漁っている。

ふと、自分が結婚してから逆の立場になった時のことを想像する。私が諒一くんと子供と歩いている時、かつて寝た相手とすれ違ったとしたら、私もあんなふうに強い拒絶を相手に向けるのだろうか。


家庭というものを私は信じない。

なのに、一方では、幸福に満ちた温かな朝食や、差し出せば応えてくれるぬくもり、ゆるぎない安定、やすらぎ、そんなものに憧れている。渇望していると言ってもいい。この矛盾を包括しながら私は結婚する。

なぜ？　答えは私だけが知っている。私は誰かに摑まえていてほしいのだ。自由でありたいと思いながら、一方では激しく束縛されたいという矛盾したこの感情。

その屈折した想いは、自分を見出(みいだ)せずに常(つね)にあがいていることをまざまざと証明している。

雑踏に紛れ込みながら、倒れ込みそうなほどの強い孤独を感じる。

この種の寂しさが、実はいちばん怖い。誰か手を繋いでいて。私をいつも離さないでいて。私の叫ぶ声を確実に受け止めてくれる諒一くん。なのにどうして私は外に向けて手を伸ばしてしまうのだろう。

「馬鹿らしい。ただのかまってちゃんじゃない」というブログのコメントを思い出す。

そうなのかもしれない。いつも、誰かに注目していてほしい。気にかけていてほしい。求めていてほしい。

でも。

その一方で、強固に他者を排除しようという意識が常に動く。

このバリアは、病気によるものなのか、生まれながらの資質なのかがわからない。

渇くほど他者の手を欲していながら、その一方で渇くほど孤独を欲している。この矛盾。自己撞着に常に苛まれている。

私をかまって、見ていて、だけど寄り付きすぎないで。見過ぎないで。だけどずっと線の向こうで見てて。でも見過ぎないで。でも目を離さないで。

ああ、この非生産的で倒錯的なループ。我ながらひどすぎるな、と嘲(あざけ)る。

アパートに帰って出会い系サイトを開いてみる。相も変わらず多くの人が私に面接してと乞うている。私は脊髄反射的に返信する。書く手を止められない。このままではいけないと思いながら、一方でセックスしたいと衝動的に思う。そしてその衝動は強い。諒一くんを呼ぼうかとも考えたけれど、結局バイブレータで済ませる。

深夜、私を快感に導いてくれた冷たいバイブレータを水道で洗う。洗面所に立ちバイブを洗う私をもうひとりの私が俯瞰でじっと見ている。その後姿は、おそらく世界でいちばん惨めで、いちばん愚かで、いちばん悲しいものだ。

二月五日

諒一くんと電話する。少し風邪気味なのか、鼻声の彼が言う。

「近々家に帰るから、一緒に行こうよ」

彼のご両親には何度かお会いしているが、お二人とも教育者で、私の仕事に多大な理解を示してくれ、結婚後も仕事は続けろと言ってくれている。とても理知的で優しい人達だ。

私は諒一くん以外の人と結婚することは考えたことがない。私の将来を描くとき、いつも彼がそばにいる。私にとって彼はなくてはならない空気のようなもので、彼がいないと私は息ができない。生きていけないのだ。

ただ、空気は、存在感がしばしば薄くなる。これは自分ではどうしようもない。

「結婚式場もそろそろピックアップしなきゃね」さり気なく言う彼。

そうか、私は結婚するんだ、と引き戻される。

「翔子のウエディング姿、綺麗だろうなあ」彼は電話の向こうで独り言を呟く。

ああ、そういえば私は自分の花嫁姿をたった一度も想像したことがないなと気付く。

純白の衣装を身に纏ってしずしずと歩く姿は、強烈な違和感しか残らない。

疼く傷

二月八日

久しぶりの完全オフの日。このところ目まぐるしく殺気立っていた心と体を休めるために。私はアパートで自分のために料理を作り、本を読み、ブログを充実させるべく、画像処理の勉強をする。

誰とも会わないで一人で過ごす時間を大切にしなさいと名木先生はおっしゃった。私は人に気を遣い過ぎるのだそうだ。決してそんなことはない。私は他人を思いやれているのだろうかといつも思っている。

昔の夢を私はよく見る。六歳の頃、毎日同じワンピースを着たがった。ピンク色の、ポケットがたくさん付いているだけが特徴の、さして変哲もない服だ。

母がそのピンクのワンピースを洗濯しようとすると私はわんわん泣き叫んだ。大声で泣き喚(わめ)く私に母がひどく困惑していた。そのときの母の冷ややかな態度と、途方に暮れた眼差しを、今でもはっきりと脳裏に呼び覚ますことができる。記憶の襞(ひだ)に組み敷かれている私の姿は、いつも小さく、そしてひどく不明瞭だ。けれど、不明瞭なままで、幼い私は今でも頻繁に夢の中に現れる。

ピンクのワンピースに付いたたくさんのポケットに、私は大事なものを入れていた。道で拾った変わった色の石。飾りの取れた髪留め。穴の開いたどんぐり。

大人になった私は、ポケットに入れていた大切な宝物たちをいつしか失ってしまっていた。空っぽになってしまったポケットの中をもう一度何かで埋めたくて、私はまだ今でも夢の中のワンピースを探す。

「ほら、翔子ちゃん、ワンピース、ここにあったわよ」と遠くから母の声が聞こえる。

母の声の方に振り向くと、そこには無数のポケットが切り取られ、ぽっかりと口を開けながら空（くう）に浮いているワンピースがあった。

恐怖に声を上げる。そうして、私は怯（おび）えながら朝を迎える。


誰かと肌を触れ合わせているとき、私は失ったワンピースを簡単に纏える。

空っぽになっていたポケットの中は男の肌のぬくもりで一応、満ちる。私は安堵する。ポケットの中に手を入れれば、いつでも温かい。でもそれはおそらく、穴の開いたどんぐりほども価値のないものだ。わかっている。なのに私は、いつまで経っても新しい服を身に着けることができない。夢の中のワンピースを棄てられない。

でも、私は結婚するんだ。私の彼はいつでも必ず空のポケットを満たしてくれる。そればかりかきっと新しい素敵な服も私にたくさん与えてくれるだろう。

幸せな夢を見て、ゆっくりと眠れる日が必ず来るはず、そう思いたい。そう信じたい。もう、夢の中のワンピースを探さなくて済むようにと、私は密やかに祈る。

二月十日

ブログのアクセス数が少しずつ伸びている。好意的なコメントと同じくらい、罵倒のコメントが寄せられる。いちいち気にしていたらいけないと思いつつ、いちいち気にしている自分を持て余し始めている。

でも、私は案外書くことが好きだということを発見した。文章を書いているときは、脳の動きが滑らかで、キーボードを打つ手が躍るのがわかる。

今日は診察の日。名木先生が「調子が良さそうですね」と笑顔を零す。

ブログで心情を吐露していると伝えると、「書いて吐き出すことでデトックス効果を得ているのかもしれません。心の安定に繋げられるのは良いことですね」と優しい口調で話す。

二月十一日

姉から電話。私が中年男性と一緒にホテルに入るのを見たという人がいるといきなり言われる。私はひどく狼狽する。家族にバレるなんて考えてもみなかった。

「誰が見たの」と問うと、姉の友達の旦那さんらしい。私は記憶にないが、一度だけみんなで食事をしたことがあるらしく、目撃者は「間違いなく翔子ちゃんだった」と言っているらしい。ああ、なんてことだ。

私はひたすら「人違いだ、迷惑だ」と熱弁する。姉は案外すんなりと私を信じる。良心が少し痛む。

出会い系の相手と会うときは、ちょっと変装したり、地元では会わないようにしているけれど、本当に誰が見ているかわからないんだなあと、今更ながら背筋が凍る。結婚前の今の時期にバレたら大変だ。慎重にしなくては。

結納の手順を覚えながら、私は結婚して専業主婦になって彼と暮らす自分を想像する。私は結婚したら絶対浮気をしない。彼だけを見て生活していきたい。

二月十五日

昨日のバレンタインデーは都合がつかなくて彼に会えなかったので、今日チョコレートを渡そうと、昨夜は何度も失敗しながら手作りチョコを拵(こしら)えた。

普段あまり行き届かない面がある私だが、こういうイベントのときくらいは存分に尽くしてあげたい。頑張った甲斐あって、とても可愛らしく美味しそうに作れた。でも、ぶきっちょなのでラッピングがあまり上手くできない。適当にセロファンで包んで特大リボンを作る。ああ、なんて恥ずかしい。まるで中学生みたいだ。

今日は諒一くんの運転する車で彼の実家に行った。結納の打ち合わせがあるので、私はちょっとオシャレをする。ミッシェルクランのベージュ色のスーツ。歳を考えろと言われそうだが、好きなブランド。リーズナブルで可愛い。

　珍しく彼が甘えてくる。チョコレートを催促しているのかと思ったら、やはりそうだった。やはり男性はいくつになってもチョコをもらうことに夢があるのかなと思う。

　五年付き合ってきていつもバレンタインデーにはこうしてチョコを渡してきたけれど、彼はそのたびとても嬉しがる。こういう素直で純真なところが私は好きだ。

　結納の話し合いはなんの滞りもなく運ぶ。円滑すぎるほどの段取りの良さ。確実に私は「お嫁さん」「奥さん」に近づいている。春の佳き日を選定して、粛々と日取りが決まる。彼も、彼のご両親もみんな笑顔。

「翔子さんみたいな美しくて気立ての良い嫁が来てくれるなんて」とちょっと褒め過ぎだ。思わず赤面する。

　帰り道、彼と久しぶりにラブホに入った。

　だけど、彼とラブホテルに入ると落ち着かない。この違和感は自分でもうまく説明がつかない。他の男と寝るときに使う場所だという感覚が私の中に根付いてしまっているのかもしれない。

　今日、結納の話し合いがスムーズに済んだことを彼は心から喜んでくれている。

私はこのまま彼と結婚するんだ。もう、本当に出会い系で遊ぶのをやめなければと今日は痛切に思う。

　後日じっくりと名木先生と話そうと心に決めて、私は彼の横顔を見つめた。

二月十八日
　諒一くんの誕生日。

ビジネスバッグが古くなっていたので、いろいろ見て回って手頃なものを買う。今日は彼のためにちょっといいお肉を買ってきて、ステーキを焼く。焼き加減もうまくいって、スープもサラダも手早く完成させる。諒一くんの好きな厚揚げと大根の煮物も作る。今日の彼はちょっと元気がない。聞けば仕事に毎日忙殺されているらしい。

　彼は大手食品メーカーの開発に携わっている。料理することを面倒がらないのは、普段から仕事で試作品を作っているからだろう。

　二人で料理を食べながらテレビを観て、ああだこうだとどうでもいいことを話す。

　結婚したらこんな日がこの先ずっと私の「日常」に転化していくんだと思うと、ふと気が遠くなる。未来の自分を想像しているのに、既視感のようなものが眼前に立ち広がる。いつか、こんな風景を私は彼と共有していた、そんな説明のつかない感覚はまさに、私と彼は前世からの縁（えにし）があったのではないかと思える一瞬だ。


「ねえ、私ね……」

キッチンで食器を洗いながら、リビングで雑誌を繰っている彼に言う。

「ん？　何？」

「私、子供が早くほしい」彼が私を見つめる。小さく頷いて促す。

「私ね、あなたと早く『家族』になりたいの」

「そうか。そうだね」彼はそう言いながら私の横に立ち、お皿を拭き始める。

「翔子、実はね」彼が私の目を見ずに言う。

「翔子の主治医から連絡があって、一度一緒にクリニックに来てって言われてるんだ」

「え？　私、知らなかった」

　そういえば診察の際、名木医師に緊急時の連絡先として彼の電話番号を伝えてあったのだ。

　緊急時でもないのに直接電話したのは、なにか特別な理由があるのだろうか。それほど今の私の状態が名木先生には危うく映っているのだろうか。

「あのさ、僕さ、そんなに頼れない？」

「なに言ってるの」

「翔子の心の病気さ、僕だって早く治ってほしいんだよ」

「……」

　結婚が決まって幸せいっぱいの時期でも、私は別の男を漁っている。主治医の名木医師は、それは私の不安症状の発露だと見ている。このセックス依存を結婚前になんとか治したいという善意が根底にあることはわかっている。名木先生には並々ならぬ考えがあって婚約者である諒一くんに直接電話してくださったのだろう。一緒にカウンセリングを受けて、私のこの性癖が彼にバレてしまわないかと、そのことだけが不安だ。こうして真っ先に保身しようとする自分にうんざりしながら、私は黙り込む。

私はいわゆる「いい子」で育ってきた。

両親に見捨てられるのが怖かった。いつも親に認められ、褒められていたかった。学校の成績はいつもトップクラスだった。自分の虚栄心が満たされることが目的ではなく、ただひたすら両親に「デキる子、いい子」と認められたいが故、私はがむしゃらに勉強したのだ。自我の抑圧はゆっくりと始まり、そして少しずつ歪んで自分を失いかけた。自己を確認するかのように、私はカッターで手首を切り血を流して安楽を得ていた。その歪みは矯正されることなく、私は世間から「オトナ」と呼ばれる年齢となった。本当の私は子供の思考のまま停滞して固まってしまっているというのに。

私はなにひとつ自分に自信がない。でも、そのことを誰かに、彼に、見透かされてしまうのがとてつもなく怖い。

二月二十二日

ブログのレイアウトをリニューアルして、ようやく見栄えがよくなった。コメント欄を隈なくチェックしてレスポンスを書くのは案外時間がかかる。こうして日記を書くよりも四方八方に配慮が必要だ。正直、面倒だと思うこともあるが、発信した自分の文章を誰かに受け止めてもらえること、そして何かしらの反応をいただけることは、思った以上に心が満たされることを知った。

午後。私立高校を受験した生徒たちの合格の報せが届く。私の塾では今のところひとりも不合格者を出していない。なかなかの成果ではないかと自画自賛。これは塾の経営陣にとっても肩の荷が下りることで、今日は塾講師みんな機嫌がいい。来年度に入塾する生徒たちへの説明会がそろそろ始まる。私は講師代表としてあれこれ喋らなくてはならない。人前で話をするのは本当に苦手で、今から変な汗が出る。

二月二十四日

由香と諒一くんと三人で夕食の約束の日。

由香が最近ハマっているお蕎麦屋さんがあるらしく、絶対オススメだと珍しく強気に推してきた。諒一くんは、お蕎麦が大好きだ。私は由香に話したことがあったのだろう、由香のことだから、きっと彼に気遣って選んだお店だろう。

電車で三駅先の、駅からも近くはない不便な場所だが、昔ながらのゴツい瓦屋根、深い軒先と太い梁。店自体はあまり大きくはないが、看板だけがやけに大きい。

「看板が大きい蕎麦屋は味も大味だ」というなんだか変な持論がある諒一くんは、店に到着するやいなや、小声で私に囁く。

「ね、ここ、大丈夫？」

「由香が大丈夫じゃないお店を私達に紹介するわけないじゃない」

「ま、それはそうだけど……」彼はそわそわ、少し心配そうだ。

私達は暖簾をくぐり、先に待っている由香を探す。店内はほぼ満席だ。彼女が一番奥のテーブル席から大きく手を振って招く。

「ごめんね、待たせちゃったかな」私は急ぎ足で駆け寄る。

「今来たとこ」待ち合わせの時、由香はいつもそう言う。

クリーム色の薄手のセーターにふんわりした同系色のカーデを合わせている。今日の由香はとても可愛い。

「こんばんは、由香ちゃん、久しぶり」諒一くんが由香の前の席に座る。

彼は右手で自分の後頭部を触る。照れたり、緊張したり、嬉しかったり、悲しかったり、何か感情が揺れると必ずと言っていいほどよく出る彼の癖だ。

私は彼女の横に座り、メニューを開きながら笑顔を向ける。

「ここは何が美味しいの？　この一升蕎麦かな？」諒一くんがメニューを指差す。

「そう、あとは海老の天ぷらも絶品なの」

「海老天なんて頼むのは、蕎麦好きからすると邪道中の邪道だよ。由香ちゃん」

珍しく彼が軽口を叩いている。うきうき楽しそうだ。

「あら、私は海老も野菜天も食べたいわ。ね、翔子もでしょ?」由香が混ぜっ返す。

「う〜ん、私も今日は天ぷらはいいかなあ。胃がちょっと……」

「何よ二人とも。せっかく来たのに。ま、いいわ。私も今日はやめとくね」

「すみませ〜ん」遠慮がちに店員を呼ぶ由香と諒一くんの口調が、図らずも見事なハーモニーを奏でてしまい、そんな些細なことにも大笑いの二人。

お蕎麦は、譬(たと)えようもないほど美味しかった。美味という言葉はこのお蕎麦のためにあるのかと大袈裟なことを思ってしまうくらいだった。馥郁(ふくいく)とした出汁の香りと、少し歯ごたえを残す絶妙な食感。食後の蕎麦湯までほんのり甘く、深い。

最初は不安がっていた諒一くんも箸の進むのが早い早い。

「今まで食べた蕎麦の中でダントツだよ!」とエラく感激している。

「良かった。一度でいいから二人にここのお蕎麦、食べてもらいたかったのよ」

由香が少し頬を上気させ、嬉しそうに私と諒一くんを交互に見る。

「なんだろう、蕎麦粉が違うのかな。打ち方の違いかな。他のお店にはない香りだね。つゆも僕の好みとピッタリだよ」諒一くんが珍しく大きな声で話している。

食べるのが遅い私も、あっという間に平らげてしまった。むしろもっと食べたいくらいだ。とても美味しい。

「由香がこんなお店知ってたなんて。どうやって知ったの? ネットには上がってこなかったけど」

「母の友人がやたら勧めてきたのよ。『看板が大きすぎるのがアレだけど』って」

諒一くんが意表を突かれて吹き出す。そんな彼を見て私も嬉しくなり、由香もにこにこしている。ああ、楽しいなあ、何も不安がないこの空間。

由香は私と諒一くんが付き合い始めた頃からずっと彼の人間性を絶賛していて、彼も由香のさっぱりしたところが好きらしく、二人は会えばいつも和やかな雰囲気で、そんな二人を見ているのが私は好きだった。由香は私が出会い系で遊んでいることや、今までの私のことをすべて知っている。でも、何も知らないフリで私の恋人として諒一くんを尊重し、彼とうまくやっていこうと努めてくれていた。

彼女のいいところは、アイデンティティをきっちり確立していて、自分をしっかり持っているけれど、それと同じ分だけ他人の位置や場所を大切にしてくれるところだ。決して他者の領域に土足で踏み込まない。それは性格的に冷たいということではない。むしろ、とても温かな距離と和やかな空気を自然に醸すことができる女性だ。

それにひきかえ、私は他人との距離をうまく取ることができない。くっつきすぎたり、妙に離れすぎたり、ケースバイケースを読めなかったり、失敗ばかり。由香の人間関係の構築の仕方を見ていると、自分がひどく子供のように感じることがある。

でも、こんな素敵な女性が私の親友でいてくれることが、私には誇りだ。

三人ともすっかりお腹が満たされ、私を真ん中にして横一列で細い路地をそぞろ歩く。

なんだか私は楽しくて、左右を交互に見ながら話しかける。どうしよう、笑顔が抑えられない。なんて楽しいの。

しんしんと冷える冬の夜。でもなんだか私はちっとも寒くはない。

薄い月が浮かぶ冬の夜空の中に漂うにおいは、ほんのりあたたかい。そして、月が私たちを明るく照らす。私の左右にいる大切な二人の顔を何度も何度も見ては、心を満たす。

「翔子がこんなに食べたの、久しぶりに見たかも」と由香が言えば、

「そうなんだよ、やればできるんだな、翔子は」と笑顔で受ける彼。

このままずっと駅に着かなければいいのに、と本気で考える私は幼子（おさなご）のようだった。

二月二十五日

今日は久しぶりに仕事がお休み。諒一くんも休みを取れたので、先に進められなかった来月の結納と結婚式場を具体的に詰めることに。海外ウエディングに抵抗があったけれど、誰に聞いてもハワイの結婚式はいいというので心が傾いている、日本の結婚式場は費用だけ高くて慣習的な縛りもあり、何かと面倒そうだ。ただ、ハワイ挙式は離婚率も相当なものだと聞いたことがあるけど、実際はどうなんだろう。

彼と二人で意見を言い合うけれど、でも決して衝突はしない。自分の意見はちゃんと言うけれど、決して押し付けず私の意見を優先し、尊重し、なおかつ優しいアドバイス

までしてくれる。本当にいい人だなと改めて思う。

以前一度下見していた店に婚約指輪を見に行く。

ショーケースの中のダイヤモンドの煌めきが眩しくて、私は思わず萎縮する。

「おめでとうございます！」店員の作り笑顔に、私は幸せな新婦として微笑み返す。

諒一くんは少し得意そうに「どれでも好きなの選んで」とちょっと畏まって囁く。

ふと「私のようなふしだらな女が宝石を身に着けて浮かれていていいんだろうか」という気持ちがフツフツと湧き出すのを感じ、焦る。

出会い系で知り合って体を重ねてきたたくさんの男達の声が蘇る。私はその声を心の中で斬り捨てる。

遠くに放擲された男達の声が、眼の前のダイヤモンドの耀きをいっそう鈍らせる。私は苛立つ。私は、婚約するの。幸せになるの。だから、もう来ないで。来ないで。声にならない声の粒が私の体の奥でぶすぶすと音を立てて発酵を始める。

彼が恭しく私の左手薬指にその美しい小さな石を嵌める。

「まあ、よくお似合いで。本番までの予行演習ですわね」

これまでに何度も何度もこのセリフを腐るほど言い続けてきたであろう店員が、もうすっかり貼り付いてしまった作り笑顔で言う。

「そうか、こうして徐々に私はこの人の妻となっていくんだな……」

霞んで聞こえる店員の言葉をなぞりながら、私はぼんやりと薬指で光る石の重みを感じる。

そこそこの値段の指輪を買ってもらい、私は車の中で彼に御礼を言う。彼は静かに私の頬を撫でる。優しい顔。温かい掌。

婚約指輪の光を心の底から「美しい」と言えるようになるまで、あとどのくらい時間がかかるだろうか。ふと、言いようのない不安と焦燥に駆られ、私はまたブログを開いて文章を綴る。

三月一日
診察の日。

こんなことを主治医に話しても仕方がないと思いつつ、婚約指輪を貰っても気持ちが晴れない自分と、ただひたすら喜ぶ諒一くんのことを一気にまとめて話してみた。

でも私は「書く」ということならいくらでも饒舌になれるのだが、いざ「話す」という行動に移すと別人のようになってしまう。いつもいつも言葉が空回りする。

もどかしいと思いながらも懸命に自分の心を覗き込み、おそるおそる医師に伝える。

「私は幸せになれるでしょうか」

プライドも虚栄心も、何もかも捨て去ったような言葉を名木先生に放ってしまう。名木先生はゆっくりとした口調で語り始める。

「あなたは、彼が必要で、彼が好きなのね。だから、自分を見せられない、何も話せないのね」

「そうかもしれません」

「でも、あなたは彼を見くびってはいけない。あなたが話さなくても、彼はあなたがどれだけ枯渇した部分を持っているのか、もうとっくにわかっているかもしれません」

「……そうでしょうか。彼は何も話してはくれません。セックスもあまりしてくれません」

「セックスしないのは、彼なりにあなたのことを考えているからだと思うけれど、彼は決して『釣った魚に云々』ではないでしょう」

「そうでしょうか」

「不特定多数の男性と今でも寝たいですか。止めるなら今が一番いい時期ですけど。それができますか？」

「今はまだできないと思います」

「そう……。七井さんは婚約者さんとの関係をもう少し見つめ直さないといけません。怖がっていては何も解決しないのですよ」

「はい。わかっています」私は神妙に下を向く。

「他の人とセックスしてしまうほど、あなたは彼を失うのが怖いのですよね」

そうかもしれない、と思ったら涙が出てくる。

「でもそれを理解してもらうには、ある程度の時間と、とても考え尽くした丁寧な言葉が必要よ。私もお手伝いできることはするつもりです。だから七井さんも伝える努力をしてください。大丈夫、今後、あなたの秘密は絶対に守ります。信じてください」

名木先生は私のために心を砕いてくれているんだ。

「ありがとうございます。……でも」

「でも？」

「できたら、自分でなんとかしたいんです」

親身になってくださる名木先生に、なぜこんな事を言ってしまったのかがわからない。

先生はひとつ大きな溜息をついて静かに頷く。

「また、いらっしゃい。日を改めたほうが良さそうですね」

クリニックの待合室で会計を待っていると、しきりにトイレを往復している中学生くらいの女の子がいる。ひょっとしたら摂食障害の子で、トイレで吐いているのかな、と心配になって様子を見ていたらそうではなく、何度も何度も手を洗っているようだ。

強迫神経症の人の辛さは私にはわからないけれど、様子を見るにつけ、かなりしんどそうである。

母親に連れられて診察室に入っていったその女の子の目は、何も見ていない。自分の目の色とおんなじだ、と思ったらどうにも心がざわざわし始めて、胸の奥で何かが大きく音を立てる。


夜、由香と電話で話す。いつもながら親身な彼女の声。

「翔子の心が満たされないのは、諒一さんが原因というわけではないのよね」

由香の声はいつにも増して細くて小さい。

「もちろんよ。私、諒一くんのせいだなんて一度も思ったことはないよ」

「名木先生を信じて、ちゃんと向き合ってみることが大切じゃないかな。諒一さんの愛情は大切にしていってほしいな。諒一さんは翔子のこと、信じているんだから」

由香にしてはなんだか型通りのことしか話さないなと思いながら、そうだねそうするよと答えて電話を切る。

深夜、すさまじい焦燥が私を襲う。

全身が凍えていくのがありありとわかる。

私は慌ててパソコンを開く、メーラーに溢れる男達の文字をガリガリと掻き集め、心の芯にみっちりと充塡する。ほら見て、みんな私をこんなに欲しがってるじゃないか。

湿気を含んだように見える文字のひとつひとつを心に埋めながら、私は諒一くんを想う。でも今、彼はそばにいない。誰かに強烈に組み敷かれたいと空(くう)に手を伸ばす。私の手を引き寄せる無数の手が見えてくる。私の指はいつの間にかキーボードを夢中で叩いている。

［ハジメマシテ。メールドウモアリガトウ。アナタハ　ドコニスンデイマスカ。］

返事を書き終えて、適当な人と約束をする。どんな人かもよくわからない。

でも私はやっと安堵する。そうして、澱（おり）のような、沼のような、真っ黒な眠りの中に沈みこむ。

三月三日

「ほら、ここを触ってごらん」
「あ、大きくなってる」
「もう欲しくて欲しくてガマンできないって言ってるよ」
「やだ……」
「キミのココも、ほら」
「いや、恥ずかしい」
「中までグチョグチョだね」
「あ、あ、気持ちいい」
「ここ、感じるんだね」
「いや」
「もっともっと声出してごらん」

「あああ、いい」

「気持ちいいって叫んでごらん」

「いや」

「ほら言ってごらん。もっと気持ちよくなるから」

「き、気持ちいい……」

「もっと大きい声で。どこが気持ちいいの、ハッキリ言いなさい」

私は言葉でいじめられている。相手は四十半ばくらいだろうか。身なりはきちんとしているが、付けている香水が全く私の好みと合わず、少し閉口する。

ＳＭプレイは好きではないが、この程度なら喜んで付き合える。相手がだんだん興奮してくると、私もだんだんと満ちてくる。

おそらく、いや、絶対に、この男は私でなくてはならないということはない。出会い系なんてみんなそうだ。刹那、気軽に楽しめれば、相手がどこの誰でも大概は許せる。

でも、私はどこの誰とも知らない人とセックスするとき、そのことを忘れようとする。今この人にとっての唯一無二は私だけ。私は確実に今、この人に求められている。私はこの人に絶対に必要とされている。こんな私でも満たしてあげられる。

不特定の男性と寝ることで得られる刺激はとても強く、激しい。性的快感は私の中の歪(ひず)みをほんの少し矯正してくれる。でもそれは錯覚だ。わかっている。わかっているけれど、その錯覚に震えるほど飢えている。

　ラブホからの帰り道、私はなぜか母の顔を思い出す。誰にも絶対に言えない秘密を私はこうして積み重ねている。こんなことを知ったら母は嘆き悲しむだろうと思うと、辛くて恐ろしい。この恐ろしさは、私の心を果てなく追い詰めていく。

三月四日

　講師室でひとり、教材を整える。新規の生徒さんの体験授業が近い。

スライドの準備をしていたら、英語科の小原(おはら)先生がやってくる。入社十六年目の実質この教室の講師のトップだ。

「七井先生、お疲れ様です。いつも早いね。あれ、もう体験授業の準備？　ご熱心だよねぇ……」

　なんだか後ろ側に棘があるようなイントネーションだ。

「ウチの看板だもんな、七井先生は。や、美人はいいよねぇ。なんの苦労もせずにすぐに人気者になれるし。塾長も七井先生のおかげでまた今年も生徒が増えるっていつも言ってるよ。七井様様だって」

　まーた始まった。そんなことばっかり言ってるのはお前だけだろうが無駄口叩いてないで早く仕事しろよという言葉をぐぐっと飲み込み、「そんなことありませんよぉ」と作り笑いで受け流す。

でも、講師が美人かどうかなんて、この仕事には全く関係ないはずだ。どうして私の容姿と仕事を並列に並べるんだろう。私が容姿にコンプレックスを持っていれば小原先生はもっと私の仕事の中身を見て評価してくれるのだろうか。なんだか悲しいし腹立たしくもある。

そこへ若林先生がやってくる。講師室に漂う不穏な雰囲気を感じ取ったような表情。

「お疲れ様です！　あれ、翔子センセ、もう資料作ってんだ。助かる！　相変わらず仕事だけは真面目だねぇ」

「何よ、仕事だけは、って。失礼な言い方ねぇ」

「ああそうだ、小原先生、昨日渡辺進也（わたなべしんや）くんの保護者から電話ありましたよ。小原先生の予想問題が見事に全部外れたけどどうしてくれるんだってクレームでしたけど」

「あああ？　ホッント困るよなあ。自分の子の不出来を講師のせいにされてもなあ。なにこれ塾長も知ってるの？」

「ご存知だと思いますよ。なんかエラい怒ってました」明るい声で応える若林先生。

「うわぁ。なんで俺ばかりこんな目に。ちくしょう」小原先生はなにか言いたげにチラッと私のことを見る。そしてぶつくさ言いながら電話をかけに外に出る。ひどくバツが悪そうだ。しばらく戻ってこないだろう。

「また何か言われた？　小原のオッチャンに。ほらここ！　眉間に皺！　ブスが目立つぞ」

　若林先生が自分の額を人差し指でトントンと指している。

「若林先生こそ、今日もネクタイ曲がってるわよ。今日は特別に柄も変」

「うっせぇな。わかってるって」ネクタイを直すが、直っていない。

「また生徒たちにバカバヤシってからかわれちゃうわよ」

「いいのいいの、ま、俺、もともとすげぇバカだしな」

「あら塾講師が自分をバカと言うのはどうかと思うわよ」

　私は若林先生をからかいたくて仕方がない。でもなんだか今日は彼のノリが悪い。

「俺はバカだよ。婚約者がいる人を好きになるとか、バカ以外のナニモノでもないもんな」いつも大きな声で快活に喋る彼が、ボソッとくぐもった声で呟く。

「え……？」そんな複雑な恋をしているのかと言葉に詰まっていると、いきなり引き寄せられる。気付くと私は彼の腕の中にいる。びっくりして反射的に突き飛ばしてしまう。

「え、なに？　どうしたの」

「ごめんっ！」

「えっと」

　……沈黙。

　急に空気の重たさが変わったように感じられる。私は言葉を待つしかない。

「……オマエさあ、何もかも鈍感すぎるんだよ」

鈍感って。戸惑って言葉を失っていると、みるみる彼の表情が変わっていく。

私はこれ以上狼狽できないほど狼狽する。どうしたらいいのかが皆目わからない。

更に重たくなった空気を持て余し、私は深呼吸をひとつ。そしてまた言葉を待つ。

「……すまん。どうかしてた」

「あ、そうよ、どうかしてるよ」空気の重みが少し変わる。私は少しホッとして言葉をつなげる。

「ここは職場よ。若林先生、どうしたの。あの、私……」

「すまん。翔子センセのこと全部わかっててこんなこと言ってしまった。ごめん」

彼は俯かず、じっと私の顔を凝視している。そんな強い眼の光を、私は彼から受けたことなど一度もなかったはずだ。

「最近、本当に俺、辛いんだ。オマエと一番仲のいい同僚って関係がさ」

どういうこと。どうして急にこんなことを言うのだろう。私は訝る。

「驚かせてしまってゴメン。最近、オマエの顔を見るのも苦しかったんだ」

「でも、唐突すぎるよ。冗談にしてはタチが悪いよ」

「んー。冗談かぁ……。ジョークなわけないだろうが。ずっと俺、翔子センセのことが好きだったんだぞ」

若林先生はまっすぐにこちらを向き、真剣な面持ちで私を射る。私は言葉を選ぶ。どう言えば今、いちばん適切なのだろう。

「来月私が正式に結納するということは話しましたよね？」

「知ってるから、こんなに辛くて仕方がないんだろ」

「どうして今、急に？　どうして今なの？」

「ごめん。困らせるつもりはなかったんだ。忘れてくれていい。ごめん。俺本当にどうかしてた。なかったことにしてくれ」

なかったこと？　まさか。そんなこと、できるはずがない。

動揺しまくっていると、小原先生が戻ってくる。そして数学科の江口百菜先生が入ってくる。彼女はキビキビと動いている。今日も一日、仕事が始まる。

若林先生は何事もなかったように仕事にかかる。さっきのことは夢だったんだろうかと思うが、引き寄せられたときの腕の温かさが、まだ胸の奥にしっかり残っている。

三月五日
春のにおいがするな、と思いながら私は洗濯物を干す。
私は洗濯が好きだ。汚れた衣類が綺麗になって、パタパタと風にはためくのをぼーっと眺めるのが大好きだ。
納豆とほうれん草のおひたしと卵焼きの朝食。お豆腐と油揚げのお味噌汁を啜りながら、脳内で今日のスケジュールを反芻する。

私の仕事は終業時間が遅い代わりに、始業も遅い。いつも朝食はゆったりと作り、のんびりとくつろいで食べられるのが嬉しい。

名木先生は、診療中に幾度となく「朝の光を毎日浴びてくださいね」とおっしゃる。聞けばそれも治療の一環らしい。私は先生の指示を守り、律儀にお日様の恩恵を受ける。カーテンから溢れる光の束を目を閉じて受けとめる。

昨日の若林先生の突然の抱擁を思い返す。

昨日はあれから仕事が立て込んでゆっくりと考えられなかったけれど、どこからどう考えても、彼は私に告白してくれたという解釈で間違っていないのだろう。しかし俄には信じられない。正直今、私の気持ちは［残念］という感情に支配されていて、彼の気持ちを慮る余裕がない。私が唯一気を遣わずにジョークや軽口を叩き合える相手なのに、私はこれからそれができなくなりそうで、それがとても悲しい。若林先生と話すとリラックスできて楽しかったのに、どうしていきなり告白なんてするんだろうと、恨めしい気持ちさえ抱いている今の私。自分がこんなに自分勝手な人間だったということに、とても驚いている。

人見知りが激しくて他人に心を開くのが苦手な私が、異性と友達付き合いできるのは本当に稀有なことで、若林先生はそういう意味で大切な存在だ。でも、この独善が彼を枠に閉じ込め、苦しめてきたのだろうか。何も気付かずに「気の合う同僚」として気軽にバカを言い合っていた自分の愚鈍さに溜息が出る。

若林先生にどんな顔をして向かい合えばいいのだろうと悩みながら出勤する。

彼は塾長と話をしている。おはようございますと挨拶をすると彼は私を一瞥して目で挨拶する。

電子黒板のデータ整理に手間取っていたら、後ろから声をかけられる。

「翔子センセ、昨日は悪かったね」

「あ、いえいえ。大丈夫です」

おいおい何が大丈夫なんだよと自分にツッコミつつ、作業に集中するフリをする。

「何も気にしなくていいし、今後、何も変わらないからさ」

そう言って笑う彼の表情を見ていると、きちんと話したほうがいい、逃げてはいけないという気持ちになる。

「今日、仕事終わったら時間ある？　久々に飲みに行かない？」意を決して私から誘う。


教室の近くの居酒屋に行く途中。二人で歩きながら、言葉を探す。

でも、うまく言葉が出てこない。何をどう言っていいのかがわからない。

言葉を探しあぐねていると、若林先生が快活な声で放つ。

「まあ、ずっと好きだったってのは本当なんだ。一目惚れっていうんじゃない。でも、初めて会ったときから、なんて脆(もろ)くてなんて繊細で、あと、なんてまっすぐな人なんだろうって思った。今まで出会ったことのないタイプだったんだよなぁ」

そうですかと応えるのもどうかと思い、ただ黙って先を促す。

「でもその当時から翔子センセには相手がいたし、俺は諦めてた。いちばん気の合う、なんでもバカを言い合える相手になろうって思ったんだ。それでいいって」

「確かに、これほど気さくに話せる男性は他にはいないわ。彼氏にもこんなバカな一面は見せられていないと思う」

「だから、そういうこともちょっと優越感だったかな。俺は心許せる相手なんだって。でもまあ、これって本当に友達か、友達以下に成り下がるってことで、諸刃の剣だよな。やり方が間違ってたな、俺。今更好きだって言われても困らせるだけだもんな」

「うん、正直まったく考えたこともなかったし、驚いたし、こう言ったら失礼だけど残念って気持ちがすごくある。私、結婚が決まっているしどうにもならないのよ」

「そういうこと全部わかってたんだけど、昨日は俺、どうかしてた。もうすぐ翔子センセと会えなくなるって思うと。俺って意外とバカだったんだって気付いたよ」

「若林先生の気持ちを今までまったく思いやれてなかったことは、本当に鈍感だったし、悪かったなあって思ってるの。ごめんなさい」

沈黙が私たちを包み込む。

「俺が黙っていたら良かったんだよな。そしたらそんなふうに謝らせてしまうこともなかった。ごめん」

声にならない慟哭が聞こえる。彼は涙を流さず、泣いている。

「私みたいな女を想ってくれて、あの……ありがとう」

陳腐な言葉しか返せない。でも、今はこんなことしか言えない。

「俺、今日は飲むのはやめとくわ。悪酔いしそうだし。翔子センセ、話してくれてありがとな。駅まで送るよ」

私達はもと来た道を引き返す。駅までの道すがら、彼はすっかり以前の顔に戻っていた。小原先生のモノマネをして笑わせる。

「じゃ、また明日なっ！」ガッツポーズをしてみせた後、大らかな笑顔で彼は帰っていく。

三月十日

弟の一樹からメールが入り、仕事先のお客さんからどこか塾を紹介してくれと頼まれたから、ねえちゃんの名前を言ってもいいかと打診される。

もちろん大歓迎だ。この辺り（あたり）は進学塾が多い。一人でも多くの生徒さんを確保できるのは願ってもないことだ。四月から中学生の男の子だという。

「俺にとっては大事なお客さんだからよろしく頼むぜ。ねえちゃん手抜きすんなよ」

「わかった。お子さんのお名前と出身の小学校だけ教えて」と短く返信を書く。

一樹は七井家の突然変異と言われるほど、陽気で一本気な性格だ。どんなことにも臆せずいつでもまっしぐら、まるで常夏の太陽のような明るさを備えている。でも、本当は子供のような臆病さを後ろ側にひっそりと湛えているのを、私は知っている。

「ねえちゃん今忙しい時期だろうけど、たまには実家に帰れよな。母さん寂しがってるぞ」弟のメールの文章はいつも短い。話し言葉とまるで一緒のトーンだ。

母が私に会えなくて寂しがるなどあるはずないじゃないかと、砂を噛んだときのようなザラリとした感情が湧いてくる。心のいちばん奥でその砂を払い除け、私は出会い系サイトを立ち上げる。ボックスに溜まっているたくさんの男達の声は、今日もまた相変わらず私を欲している。

汚泥のような言葉の渦を私は俯瞰で眺める。汚らしい。臭い。おぞましい。

でも気付けば私はいつの間にかその渦の中で一緒くたになって攪拌されている。

三月十五日

雨だ。庭の梅の蕾が濡れている。久しぶりに諒一くんと休みの日が合う。

今日は彼のお父様のお誕生日なので、一応近い未来の嫁としてご実家に伺うことに。

花束をプレゼントというのもあまりに陳腐だとは思ったけれど、なんとなく私がお花を買いたい気分なので、チューリップをたくさん買う。私の大好きな花。黄色の幸せ。

「こんにちは、お邪魔します」努めて明るい声をかける。ご両親が揃って玄関で出迎えてくださる。幸い彼のご両親は私のことを優しく受け容れてくれていて、私もお会いするのは楽しみなくらいだ。「橋ヶ谷家」の雰囲気はとてもあたたかい。あたたかいけれど、完璧すぎていつも隙がない。正直、まだ少し私には馴染めない雰囲気もある。でも、彼はこういうご立派なご両親に育てられ、人格を育まれてきたのだ。

和やかに食事をし、お茶を飲み、どうでもいい話題で笑いあう。このどこにでもある家庭の団欒。私はご両親に微笑みながら、自分の家庭と比較する。薄い影が忍び込む。その薄い影は次第に私を脅かしていく。

彼はそんな私に何も気付かず笑う。穏やかな優しい、その笑顔。どうしてそんなに如才なく場を和ませつつ平和に笑えるのという気持ちがうっすらと湧く。が、すぐに打ち消す。

「ね、諒一くん、帰りにラブホ寄ろう」

「えー、今日はいいよー、翔子、今日は生理だって言ってなかった?」

「もう終わりそうだからできるよ」

「無理しなくていいじゃんか。いつでもできるじゃないか」

運転しながら平然と言う彼。その顔は、安定し充足した余裕のある顔だ。確かにこの会話で彼が悪いところはひとつもない。でも、私は緊張の糸が切れたように泣いた。泣き始めると止まらず号泣。わんわんと声を上げた。まるで赤ん坊のように。車の中で泣き叫ぶ声は、雨に消されて周りには響かない。

驚いた彼。驚くのは当然だ。路肩に車を停めて不審そうに私の顔を覗きこむ。

「どうしたの?」

「…………」

「ホテル、行きたいの？」

「…………」

「翔子、安定剤飲んだほうがいいよ。ね。薬、どこにある？」

「…………」

「翔子どうしたの？　僕、なにか気に障ること言っちゃったかな。悪気はないんだよ」

「…………」

「うん、そうだね、ホテル行こうか」

「違うっ!!」

私はありったけの大声で叫び車のドアを開けた。私は走った。でも、どこをどう走ったかの記憶がない。さびしくて、さびしくて、さびしくて、そして、怖かった。

追いかけてきた彼は蒼い顔をしている。何が起こったのか見当もつかない彼は、ただただ私を落ち着かせようといろんな言葉を並べる。けれど、ひとつも耳に入らない。ふと、遠い昔、母にぶたれて裸足で逃げ出した道路の、冷たい土の感覚が足裏に蘇り貼り付く。

「お母さん」

意に反して声が出る。

お母さん、ねえ、本当に私はこの人に愛されているの？

ねえ、お母さん、私は、本当は……本当は誰からも愛される資格がない幼いままの子供ではないの？

私は気を失ったらしい。気がつくと私は知らない病院のベットで寝ていた。小さい、どこか懐かしいにおいのする病室。

大量に安定剤を投与されたらしく、意識が行ったり来たりしている。

薬のおかげでやすらかな、平たい夢を見た。

私はイルカになって海を泳いでいる。他の魚と触れ合わないまま、イルカは悠然と海原を泳げる。誰からも愛される。親しまれる。かつてない快感に身を晒しながら、イルカになった私は海原を自分のものにする。ふと目を開けると、彼が心配そうに私を見つめている。

名木先生のところに彼と一緒に行こうと、私はこのとき初めて決意した。

三月十六日

家に帰ってからは落ち着いていた。本当は親友の由香にそばにいてもらいたかったが、彼女は今、仕事で多忙を極めていて迷惑をかけられない。しばし電話で話す。彼女はいつも厳しい意見を言うが、今回はただ「聞く」ことに徹してくれている。余計なことも言わず温かく包容してくれる。

こういうところの切り替えというか、私の心情の汲み取り方というか、本当にすごいなと敬服する。私が逆の立場であったら、果たしてこんなふうに由香を支えられるだろうか。

薬をしこたま飲んで、仕事に向かう。

生徒たちの声も私にとっては薬である。自分で言うのもおこがましいが。私は生徒たちに拒否されてはいない気がする。まあ「講師」の仕事をする上では拒否されようがされまいが仕事をこなさなければならないのだが。

こんなある種の「勤勉さ」が私の美点であり欠点だと主治医は言うし、それは自覚している。責任感が強いといえば聞こえはいい。だけど、要するにすべてに臆しているのだろう。

こんなとき、以前なら若林先生と軽口を叩いて笑い合えたのに、と寂しく思う。彼は今日、何かを察したのか、あまり私に近づかない。私も普通に笑って挨拶を交わして、それだけ。

とてもとても寂しくて。なんだか笑ってしまうほど寂しくて。

でも、仕方がないことだ。

同じ教科の先輩講師に、今年度の生徒たちの傾向について話してもらった。とても参考になる話のようだったけれど、結局何ひとつ頭に入ってこない。ありゃー。これは本当にダメだ。

家に帰ってひたすら眠る。

いつもは安定剤で眠くなることはあまりないんだけれど、気付いたら眠りこけていた。夢の中でまたイルカになりたかったけれど、碧い海原は見えてこなかった。できたら今度は鳥になって空を翔びたかったんだけどな。

ひと眠りして、ずいぶん心が平らかになり、私はようやく落ち着いた。

三月十九日

結納がいよいよ近づいてきている。

まだこまごまとした準備や打ち合わせが少し残っているが、どうにも進捗しない。

結納で身に着ける着物の帯の色があまり良くないから別のものを買ったと母から連絡がある。

「翔子、一度帰ってきて着てみてちょうだい」と電話で話す母の声を聞いていると、疎ましさといとおしさとが混在した気持ちになる。こういう精神状態のまま結納してしまうことに、「イキオイがつけば吹っきれるかも」という投げやりな気持ちがあるのは否めない。早く結婚してしまえばなんとかなる、こんな気持ちは決して私らしくはないのに。

私は幸せになりたい。それに、彼を幸せにしたい。

彼以外の人と結婚することは考えられない。とても大切な人だ。

それには私が何かから脱却し、何かを捨て、何かを得なければならない。

意を決する。カウンセリングをうまく運ぶためには、諒一くんに事前に私から話さなければならないことが山ほどある。さんざん思い悩んで電話を選ぶ。私は彼に打ち明ける。

「私は、セックスしてるとき、とてもやすらげるの。私はあなたとセックスするのを楽しみにしてる。けれど正直言うと、今のあなたとのセックスライフに寂しいと思うことがあるのね」

「え。そうなの?」心外だという声。

「私は、あなたが思っている以上にセックスに依存しているところがあるの」

ここまで言って、言いたいことと発言が非常にずれているのではないかと心の奥に焦燥の種が芽生えるのを自覚する。でも、なんとか伝えなければならない。言葉を探る。

「依存? 僕とのセックスでは物足りないってこと?」

「テクニックがどうとかそういうことを言ってるんじゃないし、あなた自身に不満があると言っているわけではないの。私は、あなたから深く求められているような実感が持てないままなの」

ああ、違う、これでは誤解されてしまう。怒らせてしまう。違う。こんな事を言いたいわけではない。

「うーん、じゃあ何かなあ? ごめん、よくわからない……」

とても困惑した声だ。ああ、ごめんなさい。そんなに困らないで。

どうしてこんなにもどかしいんだろう。言いたいことの百分の一も伝わってはいない。違う、違う、私はただセックスがもっとしたいって言っているわけではないの。どう伝えたらいいの。何を言えば自分の心をそのまま言葉に投影できるの。

心の奥の奥、自分の根源的なことを口にするには、とても勇気と慎重さが必要だ。結局、親との関係や私自身の依存性、そして彼への漠然とした、それでも厳然と存在するある種の不安感を、私はうまく言い表すことができない。

彼はそれでも、一生懸命に私の言葉を拾おうと質問を投げかけるが、それにも上手く応えられない。

そう、いつも、いつもそうだ。

私は「書く」という手段なら饒舌だが、いざ「話す」となると途端にうまくいかなくなる。電話だと特にそうだ。

自分が欠陥品であるということを自覚させられるこの瞬間が、いつも怖い。だから私は電話がとても苦手だ。

でも、またここで逃げてはいけない。

私はこんなとき、いつもセックスに逃げてきた。欠陥品であることを手っ取り早く打ち消す手段だ。確実に私を求めている誰かのぬくもりと、私を求める指先と舌。ペニスで自分の芯を貫かれることで私は不安と焦燥をかなぐり捨てられるのだ。

結局彼をひどく困惑させただけで何ひとつ伝わらなかった。

私はうんざりして夜空を見る。深い漆黒。遠い黒の果て。

昔、母に手を引かれて見た夜空に輝いていた星の光が、今もそこにある。

三月二十一日

仕事を終えて缶紅茶で一息ついていると、若林先生から声をかけられた。

「よう！」屈託のない声と表情。私は少しホッとして笑い返す。

「若林先生。相変わらず声が無駄にデカいわね」久々に軽口を叩く。

若林先生は、何かを吹っ切ったような顔をしている。

気持ちの切り替えがこんなに早くできる彼をすごいなと思う。と同時に、申し訳なさと、ある種の羨ましさを感じる。

「翔子センセ、また痩せたか？　ちゃんとメシ食ってるか？」

「最近自分で作るの面倒で、美味しいものは食べてないかもね」

「じゃ、メシ食いに行くか。うまいおでんの店知ってるよ」

彼の誘いに他意はなく、単に私を元気づけようとする優しさだとわかっているけれど、今は人に気遣って食事するほど元気ではない。

「うーん、おでんは食べたくないかな……」と断ろうとすると、「じゃ、飲みに行く？」とすかさず言われる。

お酒を飲んでひた隠してきた暗い感情をセーブする自信もなかったので、躊躇していると、若林先生が言う。

「翔子センセ、俺はもう前のようにいられるからさ」

「あ、はい、いえ、そういうんじゃなくて、なんか……」

「今は何か旨いもの食べてさ、体力つけたほうがいいと思わないか。その痩せ方はちょっと異常だよ。人間はな、いい食いもん摂るのは大事だぜ。うまいもん食えば大概のことは解決する！……なぁんて言うとまた怒られそうだけどな。あははは」

「……」苦笑いするしかない。

「大丈夫、俺、取って食いはしないよ。な、行こ」

私の背中を押し、タクシーを拾う彼。おいおいちょっと強引過ぎないか。

タクシーの中、彼は盛んに今から行く店の素晴らしさを力説している。

しかしまあ、確かに旨かった。

おでんを食べるにはもう多少時期が外れているのに、店は満杯。濃厚なダシと深みのある味。文句なく旨い。滋味という言葉がピッタリだ。胃の腑に沁み渡る味と香りと、彼の優しさをじっくりと味わううちに、私は少しずつ気持ちがほぐれていく。

食事している間、彼はずっと家で飼っている猫の話を熱心にしていて、大の猫好きの私は心にふわふわとした猫を抱き寄せる。それだけで満ちる。

若林先生は、ほんの数日前に私に告白したことなど微塵も匂わせず、何も私に思い出させることなく、終始、ジョークと笑顔で接してくれた。でも、私も精一杯それに応えることができたような気がする。口にすることはできなかったけれど、心の中で何度も御礼を言う。

昨日の諒一くんへの電話は、考えたら少し急ぎすぎたのかもしれない。自分自身、心の整理がつかないまま手探りで彼に接してしまったのは、焦りがあったんだろう。もう少しよく考えてじっくり話していかなければと改めて痛感し反省する。

猫の話を聞かされたら無性に猫を抱きたくなり、実家で飼っている白猫の「マエ」を思い出して懐かしむ。実家に帰ってマエを触ってこよう。そして母に少し話をしてこよう。

今夜はマエと戯れる夢が見たい。おいで、おいで。ここに、おいで。

私がマエを抱きしめたいのではなくて、マエの温かい毛に私が包まれたいのかもしれない。

三月二十三日

由香が私のアパートに来た。彼女は今、仕事で他人のトラブルの後始末をさせられて汲々(きゅうきゅう)としている最中だというのに、私の心を案じて車を飛ばして来てくれたのだ。

私は由香のためにお好み焼きを作った。二人でホットプレートを挟む。桜海老の焦げるいいにおい。由香は核心に迫る話は何ひとつせず、終始笑顔だ。疲れているだろうになぁとこちらが気を遣うほど、彼女は珍しく笑ってばかりいる。

「ああ、美味しいねえ、翔子、いい奥さんになれるよ」

「お好み焼きなんて料理したうちに入らないじゃない」

「いえいえ、こんなに手早く美味しく作れるってすごいわよ。翔子ってすごいわよね」

「由香、今日は褒め殺しに来たの？」

「何言ってるのよ」

「だって、由香が私の料理をわざわざ褒めるなんて」

「褒めたい気持ちだからよ、翔子のこと。ホントは全部、褒めてあげたいんだよ」

「でも……私、由香に褒められるようなことしてないじゃない」

「だって、諒一さんに話す気持ちになったんでしょ」

「でも、うまくいかなかったわ。うまく話せないままなのよ」

「最初からうまく話せなくてもいいのよ。伝えたいって努力したのがすごいよ」

「うん……そう言ってくれると気持ちが軽くなるよ」

由香は二枚目を焼きながら、私と諒一くんが笑っている写真に目をやる。

彼女は彼の人間性を高く評価している。というか、彼と由香は相性がとてもいいように思う。

二人が話しているのを見ると、まるでそこだけ春が来たような、なんとも温かい柔らかい空気が醸されて、私まで嬉しくなってしまうのだ。

「ねえ、翔子」由香が箸を止めて私に向き合う。

「何？」私も居住まいを正す。

「あなた、結婚するまで出会い系で遊ぶのは止めないって言っていたよね」

「うん……」

「それ、もう止めたら」少し強い口調でまっすぐ言う。私はどう答えるのが一番嘘がないかと、慎重に言葉を選ぶ。

「結婚してから浮気してしまうより、いいじゃない」

「浮気は絶対しないって自信があるの？」

「あるわ。絶対に諒一くん以外の人とは寝ない」

「そう。じゃあ、本当に出会い系は結婚するまでね。約束して。でも、翔子、その代わり、結婚してから他の人とセックスしたら、私は翔子を赦さないよ」

ふと、顔を上げると由香が泣いている。私は激しく動揺する。

なぜ泣いているのかがわからない。

「由香、どうして泣いてるの？」

「…………」

彼女は声を出さずに唇をきつく嚙みしめている。溢れる涙が由香の膝の上に落ちる。溢れる涙を拭いもせず、彼女は雨に濡れた仔猫のように肩を小刻みに震わせている。

「私、どうして由香が泣くのかがわからないよ」

由香の嗚咽が漏れる。彼女のいい香りのする髪が嗚咽に合わせて揺れている。

「私、諒一くんのこと大事にしていくよ。それに、カウンセリングも諒一くんと一緒にうまくやるよ」

「……そう、そうね、翔子、ごめん」

彼女は一生懸命に涙を抑えようとしているが、嗚咽が止まらない。

由香の顔を見ると、泣いてしまったことをとても恥じているようだったので、それ以上私は何も問わなかった。

カウンセリングには由香もぜひ来てほしいと懇願したら、快く引き受けてくれた。

これから少しずつ親との確執、母親の虐待、そして兄弟間の軋轢、家庭問題をすべて彼に打ち明け、私の心のひびわれを修復していきたい。

由香が帰った後、片付け物をしていると由香から電話がある。

「さっきは取り乱したりしてごめんなさい。私、仕事でいろいろあって、ちょっと不安定だったのかもしれない。かえって心配かけてごめん」

受話器の向こうで謝る由香の声を聞いて、ふとザラリとした感触が心に宿る。

由香が諒一くんに会って話すときのあの表情。私から見てもとても嬉しそうで楽しそうな由香の、あの紅潮した笑顔。

長年由香と付き合ってきて、あれほど華やいだ顔を見せるのは、諒一くんと会った時だけだったのではないかと。

由香は、私の彼を異性として好きだったのではないだろうか。確信に近いものが心に宿る。どうしたらいいのだろう。

でも、私は永遠に気付かなかったフリをしなくてはならない。

由香の自尊心と優しさのために。絶対に。

もし私の想像が当たっているとしたら、今まで私は彼女をどれだけ苦しめてきただろう。気付かなかった私はバカだと考え始めると、若林先生に対しての呵責の念と同じように ひどく苛まれてしまう。どうにも複雑なこの感情。気付かなければ良かったのに。知らないでいられたら良かったのに。私はいろんな人の想いを土台にして生きていて、その上で私の幸せを願ってくれている人がいて……それなら私がしっかりこのまま前に進んでいくしかないのだろうと決意する。

うまく言えないけれど、私はこのまま潰れてしまってはいけないんだと強く思う。

三月二十四日

昨夜は眠れなかった。由香の涙と声が脳裏に谺して増幅する。私の思い過ごしだったらいいなと思うこの気持ちは、自分の都合しか考えない虫のいい想いでしかない。

諒一くんを由香に初めて会わせた日のことを反芻する。

「初めまして」と向かい合う二人。由香はどんな表情をしていたっけ。彼はどんなふうに話したんだっけ。まるで憶えていない。ただひとつ、ハンバーガーショップでコーヒーを零してしまった彼に、すかさずハンカチを差し出したのは私でなく、由香だったような記憶がある。由香のレースのハンカチの淡い小花模様が浮かぶ。

「真面目そうな人だけど、翔子の好みのタイプとは違うんじゃない？」

彼が席を外した隙にそっと耳打ちしたそのときの由香の声には、確かに何の含みもなかった。なかったと、思っていた。考えてみたら思い当たるフシがありすぎて、私はただひたすら慄然（りつぜん）とする。

由香は手放しで彼をいつもいつも褒めていた。三人で会うときの由香の顔は、とても輝いていた。楽しそうだった。私は、彼と楽しそうな様子の由香を見て、心から、心の底から嬉しかった。私が出会い系サイトで遊んでいると初めて打ち明けた時の由香の憤怒と悲愴。ずっと、ずっと由香は私のことだけではなく、彼の気持ちを慮っていたのだ。どんなにか辛かっただろう。でも、私がここで由香に同情して泣くのは失礼だ。傲慢だ。これ以上不遜なことはない。

自分の鈍麻な感性と想像力の欠如につくづく嫌気が差す。

しかし、私がここで自己嫌悪していることに一番悲しむのは由香だ。わかっている。もし、私たちが親友同士じゃなかったら、由香は自分の恋をまっとうできたはずだ。でも、私は由香がいないと生きていけない。彼女がいなくなったら、私は生きる指針を失ってしまう。私にとって、由香は「彼以上」に必要な人だった。きっと、これからもそれは変わらない。

気付かなかったフリをするのが最大限の思いやりだ。それしかできないのだ。だから、私は心を鬼にするんだ。

私は、彼を由香に譲らない。絶対、渡さない。渡してはいけない。

これは、私自身のために。そして、何より由香の気持ちに報いるために、だ。

だから、幸せにならなくては。自由にならなくては。もっともっと精神を開放してあげなくては。

真夜中に何度も寝返りを打ちながら、私は通暁してしまったことへの後悔だけを噛みしめる。そしてふと気付く。

「彼は、諒一くんは、由香の気持ちを知っているのだろうか」

考え始めると止まらない。彼は由香をどう思っているのだろう。ふと、由香のために気持ちを伝えてあげたいという愚かな念に憑かれてしまう。

何も知らなかったことにして、何も問わず、何も動かず、自分のことだけ考えていればいいんだと結論づける。

睡眠導入剤を流し込んでむりやり眠りを引き寄せる。泥のような夢を見る。その夢は重く、私は暗闇の中あがいていた。

明日は実家に行かなければならない。母がクリニックに来てくれたらいいのにと思うが、一方で絶対来てほしくないという想いもある。いずれにせよ、母に少しでも自分の精神状態を話せたらと思っている。

いつの間にか、春が来て、春爛漫で、なのに私はいつの間にかロクに桜も見ずにやり過ごしてしまった。

実家の庭の芝桜は綺麗に咲いているだろうか。ふと、庭に敷きつめられた艶(あで)やかな色彩の海を想う、そんな春の日。

告白

三月二十六日

　別に実家に行く日だからというわけでもないのだが、妙に朝早く目覚めてしまって、私はベッドで揺蕩う。そういえば何日セックスしていないかなあとぼんやりとした頭で考える。

　私は性的に貪欲なタイプなのだろうか、セックスがない日が続くとガクンと消沈していくのがわかる。

　思考が鈍麻して靄がかかっていくように感じられて、悲しくなる。もちろん、私も社会的にはこんな一面はおくびにも出せない。

　円滑に仕事をして最低限の生活を維持するためにはある意味、私は嘘をついていることになる。

　身支度を整えて駅に向かう。車は使いたくない。なんとなく、電車にゴトゴト牧歌的に揺られてみたかったのだ。両親へのお土産など買ったことのない私だが、今回は花屋を通りかかったついでに黄色い花を買った。でも、花を抱えて闊歩することがこんなに気恥ずかしいなんて、初めて知った。これも強い自意識の成せる業(わざ)だろうか。しかし考えてみたら実家の花壇には花が満杯で、切花など買っていくのは愚の骨頂なのに。でも、それに気が付いたときにはもう実家に着いていた。

　母が和室に私を呼ぶ。入ると着物と帯が調えてある。母は私が買ってきた黄色の花束をさっそく生け始める。

「翔子、結納までもうそんなに日がないのにのんびりしすぎよ」

口元だけで笑う母の白い首を見ながら、私は応えるべき言葉を探している。

相変わらず母は美しい。自分の母親を褒めるのもイヤらしいが、美しい母が私は小さい頃から自慢だった。歳をとっても毎日きちんと肌の手入れをし、品のいい化粧を施し、仕立ての良い洋服や着物を身につけて、まっすぐに背筋を伸ばして立っている。

母のすっきりとした顎のラインと、細くて白い首とくっきりとした鎖骨のバランスは、どの方向から見ても完璧な美しさだ。

胸元の美しさを自分でもじゅうぶんに自覚している母は、洋服を選ぶ時はゆったりと自然に胸元の開く上品な服を選ぶ。まっすぐで細い眉の下に光る大きくて美しい瞳は、歳を重ねるごとに輝きを増すような感じさえする。

そんな母は、誰かが私の容姿を褒めても、決して同調することはなかった。

「翔子ちゃんはお母さんに似て美人だね」という他人からの言葉を一度も認めることはなかった。

「あら、私が若いときはもっと綺麗だったわよ」と冗談めかして言う母の目には怒りさえ浮かんでいるようにも見えた。

だから私は、他人に美しいと褒められても素直にそれを受け止めることができない人間になってしまった。私はいまだに自分の容姿を好きになれないでいる。

「ね、お母さん」

「え？」

「私、ね、実は……」

精神科にずっと通っていて、カウンセリングが必要で、一度お母さんにも来てほしい、と一気に喋る。母にダイレクトにニュアンスをわかってもらうにはこの方法がいいだろう。一気に喋ったら、急に泣きたくなって泣いてしまう。私は母の前ではいまだに五歳の子供なのかもしれない。

「なんなの。翔子がどうして精神科なんかに」

母は眉間に皺を寄せ、吐き捨てるように言う。

目の前が昏くなり、私は激しく落ち込み、そして、いつものようにその後「悲しみ」が湧出してくる。

「お母さんは、どうして私を……」

その先が、言えない。出てこない。いっそのこと、事前にカウンセリングしたほうがいいのかもしれない。

その後は何も話さず帰る。今日は核心に触れられなかった。でも、慌てる必要はない。衣裳合わせは終わった。これでほぼ、準備万端整った。あとは、由香のことを吹っきらなくてはならない。今度こそしっかり諒一くんと話さなくてはならない。だって、私たちは夫婦になるんだから。何が良くて、何が悪くて、何が必要で、何が不必要なのか。

すべて見極めたい。

四月一日

支部で仕事を片付け、打ち合わせをして、会食。今月結納することは話が回っているらしく、口々にお祝いを言われる。

「七井先生の婚約者ってどんな人？」口々にみんなが問う。

「あ、ごく普通の人です」とそのたびにお茶を濁しているが、考えてみたらなんなんだ、この「普通」って。

こういう物言いは彼に対して失礼極まりないのではないだろうか。

でも、大体この「普通の人」という言葉でみんな納得する。本当は私は彼をどんなふうに人々に紹介したいんだろうと考えをめぐらす。

沢山の人と話してクタクタになって、それでも彼と会う。今日は彼に私のアパートに来てもらう約束がある。話をしなければならない。急いではいないけれど、でも少しずつ前に進まないといけない。が、今日は私が疲れすぎていて、ごはんを一緒に食べたら爆睡してしまった。

新学期は精神的にも疲れてしまうのだ。ああ、ダメだなあ。

四月二日

私の日記をネットで読んでくださる方々からのメールの数が増して嬉しい悲鳴。「共感します」という声に大いに励まされる。

彼が日曜出勤の代休で休みだったので、私も今日は寄り道せず早く帰宅する。今日こそ少し前に進もうと意を決する。アパートに帰ると、スパゲティを拵える彼の姿。彼は料理が好きで、メニューによっては私より上手に美味しく作る。スパゲティミートソースはそのうちのひとつで、ハッキリ言って彼の作ってくれたミートソース以上のものを食べたことは一度もない。

「翔子、サラダだけ作って」と言われ、私は着替えを済ませてエプロンを身に着ける。キッチンに二人で立つのは楽しい。大根のサラダを手早く作る。食卓に付き、二人でスパゲティを食べる。彼はあれこれと結婚後の話を語り始める。

「あ、諒一くん、あのね、その前にね、私の話を少し聞いてくれる?」

少し唐突すぎたが、今しかないと思って慌てて切り出す。

「諒一くんさ、名木先生と前に電話で話したことがあるって言ってたよね?」

「ん? ああ」

彼はサラダにドレッシングをかけすぎて顔をしかめている。

「先生からずっと言われているんだけど、一度『婚約者さん』と話がしたいらしいのね」

「うん、それは名木先生から直接聞いたよ」

「今度の金曜日に一緒に行ってもらいたいんだけれど、その前に私から少し諒一くんに話しておきたいなって思って」

「何を？」

「私が不安障害って病気を持ってることは話したと思うけど、実はね、今まで言えなかったけど私の病気、それだけじゃないの」

「え。まだほかにも病気があるの」

「うつ病と、過換気症候群と、ときどきパニック発作も出るの。食べ物に依存しすぎる傾向もあるの。これは摂食障害だって言われてる」

「そんなに病気の数が多かったの？」

「ごめんなさい、今までずっと本当のことが言えなかった」

「………」

「ごめんなさい。諒一くんには隠そうとは思っていなかったけれど、なかなか言う勇気が持てなかったの」

「うーーーん、翔子、あのさ」

「はい」

「毎日、しんどいだろ」

思いがけない優しい言葉に私は一気に感情の糸が切れて、わっと泣き出してしまう。

彼は背中を撫でる。温かい、優しい手。

「それとね、私、いつもセックスしてないと不安なの」

「え」

「本当は、もっともっとあなたに求められたいのよ。あなたが私に触れてくれないと、絶望的な気持ちになってしまうの。他の男の人に抱かれたいって気持ちが出てきたりもしちゃうの」

「不満なのか、僕とのセックスが」

「前にも言ったけど、テクニック云々ではないの。行為自体というより、私の肌をもっと触っていてほしい。いつも求めていてほしいの。うまく言えないけど……ただ、私は、あなたが思っている以上にセックスに頼っているところがあるのかもしれない」

「僕は、あまりガツガツしたら悪いかなって気持ちが強かったんだよ。もともと、セックスすることより大事なのは会話だという気持ちがあるし……翔子のこと、大事にしてきたつもりなんだけど」

彼はフォークを使う手を止めて私に向き合う。私は泣きながら彼の目に映る自分を見ている。わかってほしい。わかってほしい。わかってくれなかったらどうしようという想いで一杯一杯になる。

「私はあなただけを愛したいし、あなたと幸せになりたい」

「うん、ありがとう」

「私の心を、満たしてほしい」

「そうか、うーーーん……。僕が毎日セックスしたら満たされる？　それは違うだろ。翔子は別のものを求めてる気がする」

「……私ね、小さい頃から母に叱られた記憶しかなくて、どうして褒めてもらえないのかなってずっと思っていたの。母に認められなかった自分が赦せないのよね、きっと」

「もっとよく自分の気持ちを整理してお母さんと話してみたら」

「そうね」

「カウンセリングでは名木先生によく話してくるし、翔子の病気が少しでも良くなるならなんでも協力するから」

「諒一くん、ありがとう」

「だからさ、お母さんと話し合ってみなよ。僕も間に入るからさ」

彼は手を伸ばして私の髪を撫でる。この優しい掌の感触は私だけのものだ。

「ありがとう、諒一くん」私は彼をまっすぐに見つめる。

「翔子」彼がそっと私を抱き寄せる。

「僕は、キミが好きだ。不器用でうまく言えないけど結婚できることがとても嬉しいんだ」

私は涙が溢れ、小さく嗚咽する。

「翔子、元気になってくれよ。そんな病気なんてどっかに捨てちゃえよ」

慈愛に満ちた目。愛情に満ちたこの腕のぬくもり。どこまでもあたたかな声。私はふと、尋ねてみたくなる。

「ね、由香のこと、諒一くんはどう思う？」

「うん、いい子だよね、とっても。あんなにいい子が翔子の親友でよかったと思ってる。ただ……」

彼が私を抱きしめる手を緩める。私は思わず構えてしまう。

「僕は、由香ちゃんにも幸せになってほしいんだ。絶対、幸せになってほしい」

ああ、やっぱり気が付いていたんだ。でも、それ以上のことは二人とも言葉にできなかった。何ひとつ気付かなかったフリを通すことが最上の選択だということを、彼もよく知っているのだ。夜を徹して話し合って、私たちは少し近づけた。

四月五日
私は今、三カ所の出会い系サイトに登録している。
メールアドレスを公開しないままサイト経由でやりとりができるところばかりだ。
それぞれ同じ偽名で登録しているが、当然七井翔子という名前は使っていない。案外ありふれた平凡な名前のほうが目を引くということは、今までの経験でわかっている。一度だけ輪姦されそうになったことがあったけれど、それ以外には奇跡的に怖い目に遭ったことはなかった。

諒一くんの誠意を思えば、こんな馬鹿げたことを止めたほうがいいのは明白なことだ。すべての出会い系サイトの登録を解除し、退会してきれいさっぱり「なかったこと」にするのが一番だ。

だけど、どうして私は退会ボタンを押せないんだろうか。

これまでのことをすべて「なかったこと」にして、幸せな結婚をする。でも、果たしてそれでいいんだろうか。彼に告白はしない。してはいけないと思う。それは自己防衛意識というよりも、彼に深い傷を負わせたくない気持ちが勝るからだ。もちろんその気持ちに欺瞞があるのはわかっているけれど。どうして彼以外の人と寝たいのか。それは七井翔子という殻から脱出して、すべてを擲ち、自由に奔放に泳ぐことができるからだ。今まで、この得がたい開放感は彼への罪悪感をも軽く凌いでしまっていた。高邁な思想も、智恵も、しがらみも何もかも捨て忘れ、一個のメスとしてふるまうことの快感を、見ず知らずの男たちからは手易く得られていた。

この充足した開放感を私は結婚してすべて捨て去らなければならない。なんだかよくわからない男たちに自分から凌辱されるという行為は、リストカットしていた頃の歪んだ安心感とまったく同じ類のものだ。私は愛される価値のない人間だという自虐。私は自分を痛めつけることで、心を平らかにできている。

諒一くんとの結婚生活で、この感情に代替できるほどの充足と安心感を得なければならない。それが今の私に果たしてできるんだろうか。サイトで知り合って男と寝る時、私はどんな狂態でも演じられる。相手の望むこともなんでもやってのける。これは、男たちに支配されるということではない。私が私を完全に支配しているんだ、という倒錯した精神状態だ。

心底、狂っている。

どうして彼にはそんな狂態を見せないのか。答えは簡単、失いたくないから。絶望されたくないから。彼に嫌われてしまうのが、とてつもなく怖いからだ。

ぼんやりと、ああ、セックスしたいなあと思う。

ボックスを開き、私は適当な相手を選んでメールを書き始める。この人は私をどんなふうに愛してくれるだろうか、と一瞬考えて、本当に「愛してくれる」人は彼氏以外にはいないんだ、と思い直す。パソコンを閉じて、目を閉じる。落ち着け、落ち着け。私は大きくひとつ、深呼吸をする。なんで私はこんな救いがたい感情に囚われ続けているのだろう。

夕方、いつものように仕事に行くと若林先生が何やらパソコンと悪戦苦闘していた。何かをダウンロードしようとしてうまくいかないらしい。

「翔子センセ、ちょっと見てくれよ」と言われ、パソコンに向かう。なぁんだ、ただ解凍ができてないだけじゃんか。

「相変わらず若林先生のパソコンのスキルは猿並みだわねえ」と軽口を叩く。言った後にふと、告白されたことを思い出して固まるが、若林先生はなんとなく嬉しそうだ。

「うっせーよ。今日の翔子センセは顔が猿みたいじゃん。洋服も、ダサッ」

ああ、嬉しい、こうやってまた軽口を言い合えるなんて。とても気持ちが軽くなって楽しくなる。恋愛対象としてはこの人を見ることはできなかったけれど、人間的にはとても好きなんだなと改めて思う。友人として、同僚として、これからもずっとうまく付き合っていけたらいいなと虫のいいことを考えながら、若林先生の顔を見る。

彼は「なんだよこっち見んな」とわざと大きな声を出す。

さあ、新しい生徒が今日もたくさんやってくる。気を引き締めて仕事をしなければ。私は教室の窓から外を眺める。駐車場から何人もの生徒たちが降りてくる。車で来る子供たちは遠くから通塾してくれる、ウチにとっては大変ありがたい生徒たちだ。親御さんは忙しい中、きっと時間をやりくりし送迎の時間をひねり出してくれているのだろう。幸せな子供たちだ。

ふと、そういえば母は「翔子は自分ひとりで勉強しなさい」と言いながら、姉には有名進学塾にせっせと送り迎えして通わせていたな、と余計なことを思い出す。

途端に心がザラザラしてくるのがわかる。いけない、いけない。もう仕事が始まる。きちんとしなければ。ちゃんとしてなければ。私は塾講師、「七井先生」なんだから。

トイレで髪を整え直し気合を入れる。でも、鏡の中の私の顔は今にも泣き出しそうだ。

四月九日

どうしてもセックスしたかった。

もう何日していないだろうと考えると、余計に焦燥に似た感情が湧出する。それはまるで何かに追われている罪人(つみびと)のようなあがきだ。これは単なる性欲ではない。心が飢えてキリキリと悲鳴を上げている。

朝早くに私は諒一くんに電話する。

「ね、今日会いたいの。泊まりに来てくれないかな?」

彼は黙る。どうして黙るんだろう。彼は何をどう考えているのか、わからない。私は彼の言葉を祈る思いで待っている。

「翔子、今日は会えないんだ」

「なぜ」

「今日はどうしても残業しなくちゃならないし、疲れがたまってて。ごめん」

そう、大変ね、わかったわと言って私は電話を切る。先日話した私の言葉が彼の中でどれほど消化され、どんなふうに昇華したのかが見えない。彼はカウンセリングで自分の気持ちをすべて吐露するつもりでいるのだろうか。

彼は優しい。確かに人間的には尊敬できる面が多い。私が悪い、これ以上を望んでいる私が悪い。心の奥でゆらゆらと自分を苛む声がするのを聞いて、私はまた焦燥する。

置いてきぼりを食ったような気持ちになる。結局彼は、この類の寂しさを共有できる人ではないのかと少しだけ落胆して、落胆した自分をまた苛む。

仕事に出かける前に、私は男の子と会った。いましがたサイトで知り合ったばかりの若い子。あまりこんなことは普段しない。一応、メールである程度の期間交流してからでないと会わないのだが、でも今日はセックスしたくてたまらなかった。

男の子は、まだ顔にニキビが一杯だ。二十歳になったばかりだというが、もっと若く見える。

「わあ、めっちゃキレーなオネーサンだー♪」とやけにニヤニヤする顔。軽薄そうな口調。汗ばんだよれよれのトレーナー。汚い靴。

なんだか若いだけの男だな、と思って帰りたくなる。でも、彼の汗のにおいに欲情してしまう。私は男の子の顔の上にまたがり、愛液を吸わせる。舌使いはとても幼い。でも、それでもいい。こんなこと諒一くんにはさせられない。じゅるじゅるじゅる、と飲み込む音が安っぽいホテルの壁に響き、私を打ち砕いていく。

ねえ、もっともっと吸って。

私のすべてを吸いつくして。もっと、もっと。

こうして真っ昼間から貪り合う、ただのメス。私はケモノになって満ち足りていく。

「こんな感じやすい人っているんだね」と知ったようなことを言う男の子。

彼の唇に私の乳首をあてがう。彼の舌が乳首の先端をチロチロと舐める。私は溢れる。潮が満ちていく。この深い満ち潮は、いつかは引いていく。わかっている。刹那の快楽を享受することの不毛さを不毛と思わない私に、諒一くんを愛する資格などあるのだろうか。

取り澄ました顔で着替え、私は講師として仕事場に向かう。さっきまで若い男のペニスを握っていた手で、チョークを持つ。［ねぇ、そこのキミ。七井先生は少し前まで汗だらけのペニスを咥えていたんだよ？」と心の中で呟いてみる。この倒錯的な感情。生徒の目を、私はまともに見られない。

結果的に精神的には不安定さを増すだけとなってしまった。それでも今は、この体が受ける充足感が勝っている。彼への罪悪の想いが遠くで燻るのが仄かに見える。

褪せた色を帯びたその感情の靄。

いつもそうだ。この灰色の靄が私の中に重積しやがて私を蹂躙していくのだ。

このままで、いいのだろうか。いいはずないじゃないか。

セックスに依存しているということを、ちゃんと認めて、もっとしっかり諒一くんに話さなくてはいけないのかもしれない。

私は、由香に電話しようとして、止(や)める。

猫のぬいぐるみを抱きしめて眠る、三十四歳の、おんな。

四月十日
なんとなく疲れている。

人と人が求め合うってどういうことだろう。

人と人が結ばれ愛し合い、理解し合うってとてつもなく難しいことなのではないだろうかと考え出すと、気が遠くなる。

今日、諒一くんとやっと行けた名木先生とのカウンセリング。期待に反して十五分足らずで終わってしまった。彼は予(あらかじ)め会社に申請して時間をもらって抜けてきてくれた。彼はこの時期、繁忙を極めている。上司に嫌味を言われてしまったらしく、そのことをひどく気にかけていた。私は申し訳ない気持ちが重くのしかかり、ひどく萎縮してしまう。

クリニックに着いてからも、彼はそわそわしていてどこか落ち着かなげだった。

ふと、彼は本当はカウンセリングを受けることをいやがっているのかなと感じる。

あれほど私の病気が治るためならなんでもすると言ってくれたけれど、精神科に入ることをためらう人はまだ少なくはないだろう。

クリニックでは別々に主治医と対面させられた。先に彼がカウンセリング室に呼ばれる。名木先生と何を話したのかはよくわからない。ただ、カウンセリングを終えて出てきた彼の表情はひどく冴えなかった。

その後、私の名前が呼ばれて診察室に入ると、先生はなんともいえない顔で苦笑している。私は先生の顔を見て、自分の顔をどう繕うか悩む。

「あなたにセックスで満たされないと言われたことを、彼氏さんはすごく気に病んでるみたいね」先生は私の目を見ずに話し始める。

「私、他の人とセックスしたいと思うことがあるとまで言ってしまったんです」

「それは伝えても大丈夫だと思うわ。でも実際あなたがそういう行為をしてきたということは、彼氏さんには絶対に言わないほうがいいですね」

名木先生はカルテに何か書き込んでいる。私はおそるおそる尋ねてみる。

「それで、具体的にはどういうことを彼とお話しなさったのですか?」

「本当に彼はあなたのことが好きみたいねえ。ただ……」

「はい」

「彼も長年、優等生を強いられて、若干疲れている感じが見受けられますねぇ」

「いいえ、決して演じてはいないと思います。もともとがああいう真面目な人なんです」

「それは、彼があなたの前で必死に［別の顔］を見せないようにしているからだと思ったことはないですか?」

「え……」

「彼もまた、あなたと同じように、どこかで抑圧されているのかもしれません。だからこそ、あなたたちは惹かれ合っていると考えられなくもありません。これは私の穿った見方かもしれませんけれど」

私の「これから」について前進すべく彼にここまで来てもらったのに、彼は自分の不安だけを吐露していったようだ。でも、これも大切なプロセスだと主治医は言う。

あの完璧な優しさと包容力は、私に向けている表情のほんの一面なんだと、そんなことは今まで一度も考えたことがなかった。私は自分のことで精一杯で、彼の気持ちなど顧(かえり)みたことはなく、いつもこっちを向いてくれて、いつも穏やかに笑ってくれて、そしていつも私に無償の愛情を注いでくれている存在だと決めつけていた。その前提は、少し考えればひどく自己本位なものだとすぐにわかりそうなものなのに。

彼を少しもわかろうとしていなかったのは、むしろ私のほうだったのかもしれない。

「人と人が理解し合うということは、口で言うほど容易(たやす)いことではありません。私がこの仕事をしていて一番感じるのは、他人と他人はどこか『演技』して関係が正常に成り立っているのでは、ということです。あ、『演技』というのは欺くことではないですよ。人それぞれ、みんな自分を誤魔化し、他人を自分の都合のいいように解釈し、そうやって精神の均衡を保っているのよね。おわかりですか」

「はい、よくわかります」

「七井さんはね、その『演技』ができない人なのかもしれません。それは生きていく上で、とても遠回りをしてしまったり、不必要な葛藤を多々生むことになります」

「……いえ、私はかなり自分を誤魔化していると思います」

「『演技』をすることを罪悪だと考えないこと。あなたはその上、素の自分さえ認めていないでしょ」

「はい。そうかもしれません」

「まずは、素の自分を認めて愛してあげることから始めて、その上で他人との関係を構築することを学び取ることが大事ね」

「はい……」

名木先生の確かな分析に感嘆しながらも、私はこの心強い理解者の存在に思わず涙してしまう。

「もっとこれからも彼とお話しさせてください」

「はい」

「あなたの、お母様とも一度お話しさせていただきたいの」

「はい……。でも、」

「でも、何？　大丈夫、怖がらないでいいんですよ」

「…………」

「あなたは、幸せになりたいんでしょう。彼となら、なれると思うんでしょ」

「はい」

「だったら、根源的な部分に触れていかないと。少しずつね。焦ってはいけない」

「はい」

「今もまだ、他の人とセックスしたいですか」

「はい。制御が効かなくなってしまうことがあります。セックスしている間は罪悪感さえどこかに置いてきてしまいます」

「それで、満たされますか」

「一瞬、とても開放的になります。気持ちが昂り、その後、やすらかになれます。ただ、すぐにその気持ちはなくなってしまうんです」

「わかりました。セックス依存については、また日を改めましょう」

主治医に言われた言葉を何度も何度も心で反芻する。こんな気持ちのまま結納していいのだろうか。でも、私は……。

家に帰ってから彼と電話で少し話すが、会話にまったく実がない。彼の不安とためらいに、私はどう向き合えばいいのかがわからない。

四月十一日
深夜、自分の作った自分のホームページに久しぶりに顔を出す。
ここでは、私は絶対に拒絶されない。ここに集まってくださる方は、私のブログを毎日楽しみにしてくださる方ばかりで、みんな私に対して好意的で、確実に温かく迎え入れてくれる。ホームページを自分の手で作成し開設した理由は、こんなところにあるのかもしれないとキーボードを叩きながら考える。ざっくばらんなことを五人で話し、盛り上がっていたら、途中で由香から電話がある。

「由香から電話があったから抜けるね」と言い残し、私はチャットルームから出る。

そして、久しぶりの由香の声におそるおそる向き合う。

「翔子、元気だった？　連絡しても通じなくて」

由香が心配そうに呼びかける。

そう、私は由香と向かい合うことが怖くて、ここのところずっと留守電にしておいたのだ。完璧な「逃げ」である。私はこういうとき、すぐに逃げてしまう悪いクセがある。

「ごめん、なかなかじっくり時間取れなくて。由香も忙しそうだったし」

由香の多忙さに責任転嫁する狡猾さに自分で心底嫌気が差す。でも、それを見抜かない彼女ではない。

「私が忙しいから、気遣ってくれてたの。じゃ、御礼言わないとね」

うう、痛い。

「先日のカウンセリング、どうだった？　聞かせてほしいと思って待ってたんだけど、来ないからかけたの」

「う、あ、うん、あ、ごめん、電話しようと思ってはいたんだけど、あの……」

しどろもどろ。考えてみたら、なぜ私はこんなに由香にへつらっているんだろう。

　私が由香の気持ちに気付いたということを悟られてはならないという、ある種の緊張感がずっと彼女を遠ざけていたのだ。でも、由香からしたら不自然極まりない行動だろう。

「諒一さんと一緒に行ったんでしょ。彼、名木先生と何を話したのかな」

「うん、先生に自分の悩みのようなことを話したみたい。私も詳しくは知らないの。ただね、正直、諒一くんは気乗りしてなさそうに見えた」

「諒一さんもカウンセリングしてもらったの？」

「うん、うまく言えないけど、彼の気持ちを訊くことも大切なプロセスだって先生はおっしゃってたわ」

「……ふーん」由香の声が少し翳る。

「で、先生は諒一くんも何かに抑圧されてて、私に見せていない一面がたくさんあるのではないかとおっしゃってるわ」

「諒一さんが……どうして？」

「話した内容は詳しくはわからないけれど、先生は彼の印象を、どこか無理してるって感じたのかも」

「え……？」

「優等生を演じているところがあるかもしれなくて、私に見せている部分とはまた別に彼の本質みたいなものがあるように思うって」

「そうなの？」

「だから、抑圧されているという部分で私たちは惹かれ合っているのかもしれないって」

「………」

「ね、由香はどう思う」

「うーーーん……難しいなあ……」

　電話で沈黙。私は由香の声を待つ。

　不意に沈黙が破られる。由香がハッキリとした声で言う。

「諒一さんの本質がどうでも、今、彼は翔子にとって『尊敬できる婚約者』なんでしょ？」

「うん、もちろん、そうよ」

「だったら、彼が演技していようが本質はどうだろうが、今現在の彼を信じて尊重してあげたらいいじゃない。今の彼でじゅうぶんすぎるほどあなたは満足してるんでしょう」

「ま、まあ、そうだけど……」

「演技なんてそうそう長く続かないわよ。結婚すればさ、自然にボロも見える。だって、毎日毎日一緒に生活していくのよ」

「そうね」私は肯定するしかない。

由香の小さな溜息が聞こえる。呆れているのだろうか。疲れているのだろうかと気を揉む。

「本来なら結納前の今、一番幸せな時期に、どうして諒一さんの気持ちをわざわざ掻き乱すようなことをするの。カウンセリングはもっと落ち着いてからでも良かったんじゃないの？」

「先生は、私のためにはそれが一番いいとおっしゃってたし、由香だってカウンセリングを勧めてくれていたじゃない」

唐突な由香の叱責に戸惑いながら小さく反論する。

「彼が『演技してる』というなら、それは全部翔子のためよ。翔子のことが大好きで絶対失いたくないからよ。その必死な気持ちからそうしてるんでしょ。だったら尊重してあげて。彼にはなんの罪もないわ」

由香の必死な声。気持ちが痛い。

由香は、私を心配するのと同時に、諒一くんのことがとても心配なんだ。手に取るようにわかる。

「私は名木先生の言うことは信じているし、間違ってはいないと思う。今後もカウンセリングを二人で続けたいと思っているよ」

しばしの沈黙。由香が静かにゆっくりと話し始める。

「これから諒一さんが応じるかしら。私は彼が気乗りしないのもよくわかるのよ」

「私は、治療してるのよ。彼が気乗りしないのは一時的なものかもしれないし……」

「翔子が信じられる先生なら、任せてもいいのかもしれないけれど……」

由香は何かを言い澱んでいる。由香は、諒一くんの苦悩を見たくないんだろう。と同時に私にも良くなってほしいのだ。由香の気持ちが痛いほど私に伝わり、私も胸が痛くなる。

「私個人としては、翔子の治療をするために、諒一さんの生い立ちとか精神状態とか、抑圧とか、そういうのを無理に暴くのはどうかなあって思う」

「うん……」

「素人考えだけど。……要は、翔子がお母さんとの関係を見つめ直せばいいわけでしょ」

「そうね……」

由香の声を聞きながら、母の顔を思い出そうとする。だけどうまくいかない。

ああ、結局私は由香の恋を阻害している女なんだと自分への侮蔑感がフツフツと滾る。由香は、今、苦しいんだろうなあと私が思い煩うことは不遜である。わかっている。わかっているけれど……。

「諒一さんは今、辛い想いしてるよね」

「そうね」

「翔子も、もっと辛いんだろうと思うけど」

「…………」

「早く幸せになって。翔子、絶対病気治して、諒一さんのこと、信じて。これからもずっと。ね」

「うん」


由香が泣いている。受話器の向こう。すすり泣いてるわけでもない。嗚咽も漏れていない。でも、私にはわかる。ひっそりと、息を殺し、涙が頬を伝うのに任せてケイタイを持つ、由香の手が私には見える。

「いろいろごめんね、由香」私は、このひと言にいろんな感情を込める。

四月十七日

私の、一生に一度のこの日。幸い、暑くもなく寒くもなく、天気にも恵まれる。私の実家に調えられた結納の品は、粛々と私を見ている。「幾久しく」という日本語の美しさと敬虔さと、たおやかさを噛みしめる。空を見上げると白い月。太陽の光には及ばないけれど、その白く美しい光は私を安堵させる。

彼が笑う。母は泣いている。父は諒一くんに頭を下げる。結納という儀式は結婚式よりも厳(おごそ)かだと思う。いただいた指輪を左手の薬指に嵌め、私は「七井翔子」から「橋ヶ谷翔子」になる晴れの日に思いを馳せる。

　私は今日、滞りなく諒一くんのフィアンセとなった。

四月十八日
　あの日も、こんな雨が降っていた。

　台風でもないというのにやたらと風が強く、容赦ない暴風は木々の葉を散らし水滴を舞い上げ、不吉な轟音を鳴り響かせていた。私は中学に入ったばかり。仲の良かった友達とクラスが分かれてしまい、ひどく落胆していた。人見知りが激しく、自意識の強かった私は、自分から友人を作ることに、ひどく気後れしていた。が、なんとかみんなとおんなじように磊落そうに楽しく振る舞おうとして、日々とても疲れていた。

　一緒に帰ろうと誰にも言いそびれてしまった私は、一人だけ教室に置き去られた。雨が私を閉じ込めている。帰らなくては。帰りたい。そう思いながらも置き去られた状況を楽しんでいるところもあった。

　早く帰らないと先生に怪しまれる。見つかると言い訳を考えるのが面倒だ。どこかで焦りながらも、私は窓際の自分の席でぼんやりと荒れ狂う風と雨を見ていた。

　ふと、校門に人影が見える。

　目を凝らすと、とても見慣れた服装と姿勢と歩き方……。間違いない。あれは母だ。

　校門の前には車が停まっている。私を迎えに来たんだ。歩いても十五分の距離なのに、母は暴風雨の中、私を迎えに来たのだ。早く行かないと母が濡れてしまう。私は急いで教室を駆け出す。母が迎えに来てくれた。嬉しい。早く行かないと。早く。私は自分の下駄箱に自分の靴がないことに気付く。探す。探す。探す。でも、ない。どこにもない。

母が珍しく「好きなもの買っていいわよ」と言ってくれて、自分の意思で初めて選んだスニーカーだ。誰かが隠したのだろうか。私は誰かに悪意を持たれているのだろうか。絶望的な気持ちになったが、雨の中待っている母を思って上履きのまま駆け出した。母が雨の中、迎えに来てくれた。それだけで嬉しかった。

だけど、その嬉しさをうまく表現できない。

「お母さん、ありがと……」

「翔子」

「え？　あ、はい」

「靴はどうしたの」

「あ、なんか見当たらなくて」

「失くしてしまったの？」

「あ、探せばあると思うけど」

「……本当に、あなたはだらしがないんだから。少しは杏子を見習いなさいよ」

姉は確かに几帳面で、甘えるのが巧く、母の思うように振る舞うことができた。姉への嫉妬心が蠢（うごめ）き始める。

「ほら、早く乗りなさい」

車の助手席に乗ろうとすると母は言った。

「後ろに乗りなさい、助手席が濡れてしまうじゃないの」

母の厳しい眼差しは、私を弾（はじ）いた。助手席は、いつも父か姉が座る場所だった。私は、なお一層激しく傷ついた。

私は家に帰って泣いた。

母に結局ありがとうも言えなかった。私は嬉しかったのに。とても、とても、飛び上がるほど嬉しかったのに、伝わらなかった。伝えられなかった。そして、その上母を怒らせてしまった。私は、ただ、どうすることもできずに泣いていた。

今ならわかる。母もまた、愛情の発露の仕方がわからなかっただけだ。

私は姉のように巧く甘えるということを知らず、母の喜ぶような言葉を言ってあげることもできない不器用な子供だった。今なら、わかるんだ。母の、あのときの、どうしようもない気持ちも。私は今でも暴風雨の日には必ずと言っていいほどあの日のスニーカーを思い出す。そしてそれはやがて母の癇性な声や表情と重なり、私を容易に幼かった中学時代に引き戻す。あの、誰もいない、空気の冷えた独りの教室のにおいを鼻腔に呼び起こす。もし、もしも可能なら、私をあの日の教室に戻してほしいと切に願う。孤独は、引き裂かれそうに辛いけれど、それと同時に狂おしいほどやすらかなものだ。

でももう、私は独りの教室に戻ってはいけないのだ。

私には、諒一くんがいる。私は彼の手を、いつでも求めることができるのだから。

結納の日。あの時に母が流した涙は、安堵なのか、喜びなのか。どちらにしても私は、あの母の頬を伝うものに、すべて赦し、そしてすべて赦されたような気がしていた。

四月二十日
今日は諒一くんと一緒に仲人さんのお宅に行って改めて御礼の挨拶。彼のお父さまの昔からの知り合いらしいが、私にとっては知らない人たちなのでまだ全く馴染んでいない。こういう瑣末(さまつ)なことこそ大切だという日本の風習は、今の若い人には受け容れられるものなんだろうか。私は紺色のスーツを着てかしこまる。

「結婚まで喧嘩しないようにね」たおやかに笑う仲人夫人はとても雰囲気の上品な白髪(はくはつ)の美しい方だ。しかし本来、私たちは喧嘩するほどなんでも話し合い、深いところまで解り合わなければならないんだ。

なのに帰り道、諒一くんと些細なことで諍(いさか)う。彼は私の「結婚式までたくさん喧嘩することになってしまうかもね」という言葉を曲解したらしく、言葉を重ねれば重ねるほど伝えたいことが途方もなくズレていってしまったのだ。なんてことはない、本当につまらないことなのに、こんなことで言い争うなんて、これから先、長いカウンセリングを二人で乗りきれるのか、大丈夫なんだろうかと本気で思う。

でも、私はここで潰(つい)えるわけにはいかない。ちゃんと病気を治したい。治してウエデイングドレスを着るんだ。

四月二十五日

由香の両親から、由香が倒れて救急車で運ばれたという報せを受けたのは、もう夜九時を回った頃だった。私は着替えもそこそこに某大学病院の救急室に急ぐ。結納を無事終えたことは彼女には当日すぐに電話で伝えた。おめでとうと明るく言ってくれた彼女。が、今考えれば、そのときの彼女の声にはいつもの張りと明るさがなかったかもしれない……といういろいろな思いが巡る。

私は車を走らせる。救急室までの道のりがひどく長く感じられる。

諒一くんへの想いを、彼女は自分の中でどう折り合いをつけたのか。そして私自身もどう自分の中で処理して由香と対面すべきか答えは出ていなかった。でも私はこのまま「何も知らない」ことに徹しようと決めたのだ。そうすることしかできないでいたのだ。が、そんなことに思いを巡らせている場合ではなかった。由香は大丈夫なんだろうか、そればかりが頭の中を占拠した。

病院に着くと待合室でずいぶん待たされ、その後やっと診察室に呼ばれる。由香は処置室で薬を投与され、眠っているらしい。

先に来ていた由香のご両親は蒼い顔で私に縋(すが)る。いったいどうしたんだろう。聞けば、最近は残業続きで、休日出勤までして働いていたらしい。今日、仕事場で突然何の前ぶれもなく倒れたんだそうだ。同僚が何人か一緒に残業していたからよかった。

　私も同席していいかと問い、診察室に一緒に入室させてもらう。

「ご心配いりません。過労のようですね。貧血も強いようです」

　頭の薄い、痩せた若い医師が言う。大病を予想していたご両親は一安心。私も一気に安堵で涙が溢れる。

「でも、このままいくと脳梗塞を起こす可能性が高いですね。血圧がだいぶ高めです。日頃、食生活には気を配っておられますか？」

　由香は食事には人一倍気を遣う子だった。その旨を伝える。

「では、しばらくお仕事から離れてゆっくり静養するといいでしょうね。ストレスを少なくして、気持ちをゆったり保つようにするといいでしょう。塩分の多いものの摂取はなるべく避けてくださいね。落ち着いたら後で栄養指導しましょうか」

　その医師はメガネの奥で私を一瞥する。確かにここ一、二カ月の彼女はかなり仕事に追われて、いつも蒼い顔をしていた。どうしてもっと気を配ってあげられなかったんだろうか。倒れるまで働くなんて狂気の沙汰だ。

　大学病院は過労くらいで入院させてはくれない。処置室で二時間ほど眠った由香は、ゆっくりと目を開けて私を見る。でも、何も言わない。私も「大丈夫？」と言ったきりで、うまく言葉が出てこない。由香の隣のベッドに寝ていたおばあちゃんが点滴の管を引っ張りながら、興味深そうに私たちのやりとりを見ている。

「ごめんね、来てもらって」由香が俯いて呟く。

彼女はそれきり無言で両親に肩を抱かれて、よろよろと帰っていった。その背中がひとまわり小さく見える。

頑張り屋の由香。

いつも元気な由香。

いつも「励まし役」ばかりだった由香。

ひたむきで、手を抜くことを知らない由香。

いつも真面目な由香。

頼もしい、私の親友……。

救急病棟の待合室に一人取り残された私は、ふと自分が責められているような気持ちになる。もちろん、この場にそぐわない感情だ。自意識過剰である。わかっているけれど。わかっているけれど、寂しい。孤独だ。こんなときに何を言うの。でも、でも、でも。

由香と、腹を割って話したほうがいいのではないかと考える。このまま何も気付かないフリをすることは、決して良くないことなのではないか。諒一くんへの想いをどう処理したのか訊くことはできないと思っていたけれど、でも本当は私は、由香の自尊心を傷つけるのがイヤなのではない。ただ、怖いだけだ。ただ単に自分自身が何かにひどく恐怖しているだけだ。それに目を瞑(つむ)ってしまうのは、卑怯だ。

　私はよたよたと歩き、自分の車のドアを開ける。キーを回す。発進しようと前を見ると、諒一くんの姿が見える。私は狼狽する。誰に聞いてここに来たんだろう。

　でもすぐに「彼がここにいても不思議ではない」と自分に言い聞かせる。彼は由香を必死で探している。その真剣な顔を見て、私は複雑な想いに捉われる。このまま置いていってしまおうかと意地悪な気持ちが過るが、私は車を降りてゆっくりと彼の肩を叩く。振り向いた彼の瞳には、涙が滲んでいた。

「大丈夫だってさ。ご両親と家に帰ったよ。過労だって。バカねぇ倒れるまで働くなんてねえ」と涙に気付かないフリで明るく笑って言う私。

「どうしてキミがここにいるんだ。どうして一緒に行かないんだ」諒一くんの毅然とした声。

　行けなかった理由は明白だ。拒絶されていると思ったからだ。でも、どんな理由があるにしろ、送り届けるべきだったんだと、彼に言われて初めて気付く。

「由香ちゃんは、翔子が倒れたらずっとそばにいるだろ、きっと」

「う、うん、そうね、ごめん」

「何を気にしているんだかわからないけど、僕は翔子の婚約者だ」

「…………」

「だけど、由香ちゃんのことも大事なんだ。仲間みたいな気持ちで。わかるだろ」

「……それだけ？」意外な言葉が口を衝いて出たことに自分が驚く。

「それ以上の気持ちを持てないのは、僕自身が一番よくわかってるさ。だけどな、こういうときくらい親友のそばにいてあげたいと思わないの、翔子は」

私はどうしたらいいのかわからなくなって、彼から離れた。

諒一くんの言うことはもっともだ。でもひどく不安定な気持ちになり、過換気気味になる。苦しい。ねえ、諒一くん、私の気持ちはどうでもいいの？と理不尽で勝手な気持ちが沸き起こる。

結局私と彼は別々に帰った。病院の薬品のにおいが、服に染み込んでいる。

四月二十八日

由香が病院から帰った翌朝早くに彼女から電話がある。私はコール音で目覚める。まだ七時を回っていない。

「翔子、おはよ。ごめん、起こしちゃったよね」

「あ、由香、体、大丈夫なの？」

「うん、昨夜はありがとう。あまり話せなくて、ごめんね」

昨夜の拒絶した感じは電話の声には微塵も含まれていない。

私は少し拍子抜けし、一方でとてもホッとして以前と変わらない元気な声を聞く。

「あ、うん、いいよ、そんなこと。由香、平気なの？」

由香は少し間を空ける。何かを言い澱んでいるのがわかる。

「もう、大丈夫よ、まだ少しだけ眩暈がするけど」

「無理しないでよ。会社も休みなよ、ね」

「うん、ありがとう。……翔子、あのね、あれから諒一さんが私の家まで来てくれたのよ」

「え……？」

「翔子は病院で彼に会ったの？」

そう、あれから私たちは険悪になり私は過呼吸でひどく苦しくなり、それでもやっと一人で運転して帰ったのだった。諒一くんは私よりも由香が心配だったんだと思ったら、いても立ってもいられなくなる。

ねえ、由香は本当は諒一くんが好きなんでしょ、諒一くんもあなたの気持ちを知ってるよ、あなたたちは私を憐れんでいるの、二人にとって、私はどんな存在なの？　わからないよ、わからないよ、本当のことを教えてよ、と言葉の束が一気に脳裏に弾け、渦巻き、心の奥に沈潜していく。由香はしきりに私を気遣う。でもこの優しさは、今の私にとっては棘でしかない。

ちゃんと話をしなければならないなと思ったが、由香の体調を思ってやめた。それに、ケイタイを握っている私の手も冷たく凍って、震え始めている。

大きな大きなパニックアタックの予兆を感じて、電話を切って私は抗鬱剤と抗不安薬を一気に飲む。こんな時は深呼吸。こんな時は深呼吸。

うわ言のようにおんなじ言葉を繰り返しながら、私はパソコンの前に座る。

薬が効くまであとどのくらいかかるだろう。

自分のホームページを開く。今日は珍しくコメント欄が空いている。ガッカリだ。しかしガッカリする反面、安堵もしている。誰かが同情のコメントを書いてくれたら、私は間違いなく愚痴のオンパレードだ。ホームページの管理人としてそれはイタい。明るい言葉だけひとこと書き残してページを閉じる。

ブログ日記を更新しようと思うがたった一文字も出てこない。

由香は仕事を当分休むという。もうすぐゴールデンウイークで、いずれにしろ会社は休みでそんなに迷惑をかけずに済むから、と彼女は言う。本当はこの連休に由香といろいろなことを話し合いたい。

諒一くんから電話が何度もかかってくるが、私は一度も出なかった。彼の声を聞きたくなかった。ただそれだけの理由だった。

私は、由香が大切だ。諒一くんが由香を大事にしてくれることは本来、喜ばなくてはいけないことだ。でも、この感情は……そう、「嫉妬」以外の何物でもない。何に、誰に嫉妬しているのか。そう考えることは、なお一層私を追い込む。

仕事から帰ると合鍵で入った彼が私の部屋にいた。

温かいお味噌汁のにおい。

「翔子、おかえり」何事もなかったように笑う彼。

なぜ笑えるのだ。この人は。何もわかっていない、と思ったら急にぐわん、と感情がうねる。

「諒一くん、由香があなたのことを好きなのは知ってるよね」

「もういいよ、そういうことは」迷惑そうに目を逸らす彼。

それは今まで一度も見たことのない冷たい、そしてやけに醒めた顔だった。

「よくないっ！」私は彼の胸を突き飛ばした。

彼は私を抱きしめる。落ち着けよ翔子、誤解するなよ、考えすぎるなよ、何言うんだよ、という言葉の裏には「僕たちは婚約してるんだよ」という無言の圧力を感じる。そう、「圧力」という言葉が浮かんでしまったのだ。

笑顔で滞りなく済んだ結納の日、私は幸せになろうと決意した。まだ十日ほどしか経っていないのに、どうして今、こんな気持ちでいるんだろう。

その晩、彼は私を抱いた。ひたすら無言で私を切り開いた。こんなに悲しくても体が反応してしまう浅ましさ。諒一くん、私を見ていてよ、もっとずっと、ちゃんと見ていてよ。ねえ、お願い。私は彼のペニスを奥で受け止めながら何度も心で叫ぶ。その叫び声はやがて彼をも呑み込み、ひたすら官能に溺れていく。

もっと、もっと抱いて。私を離さないで。どこにも行かないで。

彼が帰った後の部屋で、私は裸のまま膝を抱える。この孤独は、いったい何？

私は、久しぶりに出会い系サイトにアクセスする。

相変わらず私を欲しがる男たちの声で溢れるメールボックス。ね、抱いて。私を。ね、誰でもいいの。私を抱きたいんでしょ、ね、素敵なセックスしよう。ほんとうに楽しくなるよね、セックスすると、嬉しいよね。ねぇ、そこの彼。二十一歳？あら若いわねー。え、精力には自信があるって？そう、それはすごいね。三十六歳二児のパパ、え、今奥さん三人目妊娠中？セックスできないから出会い系に？そうなのそれは最低ね。でもまあこんな私の体でお役に立つなら。え、あなたは五十六歳？すごいねー、元気なんだね、ふーん、大学の美術の先生？嘘くさいなあ。でもあなたたちの言葉なんて、所詮みんなみんな嘘っぱちだもんね。セックスさえできれば、それでいいんだもんね。あなたも、そして、私も。

由香、ねえ、由香。過労なんて嘘よね。私たちの婚約が、あなたを追いつめたんでしょ。本当にあなたは、諒一くんのことが好きなんだね。

でも、私も彼を失えない。失うのは、怖いのよ。

ね、由香。ごめん、由香。私は諒一くんも、あなたも失いたくないのよ。

そうして私はまた、白い錠剤と共に夜に堕ちていく。

春の終わりの、夜の、濃紺。

五月一日

また知らない男と寝た。

待ち合わせも近場で、適当に決めた。誰でもよかった。なんだか冴えない、口ばかり達者な男だった。二十九歳だというが怪しい。年齢不詳。もっと若くも老けても見える顔立ち。安っぽいカビ臭い古いホテルの一室。

「キミ、すごいよ。巧いよ」私の口にペニスを預けて、彼は喘いでいる。

「こんなフェラ、初めてだよ、エッチな人だねぇ」紫色の歯茎を見せる男。

なんで私はこんなことをしているんだろうと一瞬我に返りかけるが、振り払うように私は自分から男を跨ぐ。

「あなたのペニスで私の奥をかき回して」

諒一くんには絶対言えない言葉を放つ。でも今日はなかなか快感が引き寄せられない。

男が果てた後、ふとシーツを見ると巨大な染み。そのシーツの染みを見て、私はふと我に返る。私は、どうしてここにいるんだろう。すさまじく鳥肌が立つが、見なかったことにする。今度は四つんばいにさせられ、私は果てしなく犯されている。ふうふう、はあはあと男が臭い息を吐く。耳元に生温かいタバコのヤニのにおい。思わず噎(む)せる。この男はかなりのヘビースモーカーだ。早くどいてほしい。早く帰らなくちゃ。早く。後ろから突かれながら私は由香を思い出す。男が私の背中に精液をかける。ゴムをつけなかったのは約束違反だと抗議する。

「外に出せば大丈夫じゃん、心配することないよ」とめんどくさそうに言い放つ男。

膣外射精は諒一くんにしか許さなかったのに。

まあ、でも、もうどうでもいいことだ。私はまた他の男と寝た。何が変わったか。何も変わりはしない。そんなことは初めからわかってる。罪悪感はない。しかし今まで容易に得られてきためくるめく開放感もやっては来ない。


婚約者とは違う男に抱かれて帰る夜道。まるで冬に逆戻りしたような寒さが私を刺す。私のアパートの前に人影が見える。

あれは、由香だ。

由香は私を見ている。この寒いのに上着も着ていない。由香の白い顔がぼうっと浮かぶ。彼女は眉間に皺を寄せて厳しい表情をしている。

私は男と寝てきたことがバレるんじゃないかとビクビクする。由香は、ゆっくりと口を開く。

「翔子、タバコのにおいがする」

何もかもわかっているよ、という目。

部屋に由香を招き入れ、私は着替えを済ませる。由香は何かを話しに来たのだ。それなら突破口を作ってあげよう。

「ね、由香、私ね、今しがた出会い系の男と寝てきたばかりなの」一気に言う。

由香は何も言わない。言わずに、私を見る。射るような眼差し。

そして私たちはテーブルを挟んで向き合った。由香の顔色は冴えない。部屋に座らせ紅茶を淹れる。本当は紅茶は由香の淹れたもののほうが圧倒的に美味しいのだが、今日は彼女は「私がやるよ」と言い出さない。

「今日、ずっとケイタイにかけても出なかったでしょ。翔子が私からのコールにずっと出ないときは決まって誰かとセックスしてるときよね」

私は黙って由香の瞳を見ている。

「だから、たぶん今日も他の人と寝てるんだろうなって思ってたのよ」

由香はテーブルクロスの模様を人差し指でなぞっている。私は混乱したまま紅茶を出す。由香は私をじっと見る。怒っているのか、泣き出しそうなのか、微笑んでいるのか、憐れんでいるのか、どうとでも解釈できるその複雑な表情。

私は言わなければならない。

何を？　そう、今までずっと心に蟠（わだかま）っていた塊を崩さなければ。

「翔子」「由香」私たちは同時にお互いを呼ぶ。

先に言っていいよと目で促す由香。私は意を決する。

「あのさ、由香、諒一くんをあの日、誰が呼んだの」由香は黙っている。

「ひょっとして、由香は、」言いかける私を遮り、由香が口を開く。

「会社で倒れてしまったとき、会社の人に無意識のまま『この人に連絡して』って言って諒一さんのケイタイの番号を教えたらしいの」

「え、それは口で番号を言ったってこと？」

「そうらしいんだけど、憶えてないの。頭がグルグル回っていて、気持ち悪かったことしか記憶になくて」

「由香にしてはソレ、嘘っぽいなあ」

「え？　どうして」

「私の経験上、卒倒してから電話番号をきちんと人に言える余裕はないよ、普通」

「……」

「じゃあ、訊くけど……由香は諒一くんのケイタイの番号を暗誦できるの？」

「あ、憶えやすい番号だったし、何度か三人で会うときとかに連絡取り合ったりしたから、自然に憶えていたんだろうと思うよ」

明らかに動揺する由香。由香らしくない取り乱し方。

「じゃあ、なぜ由香は私ではなくて諒一くんを呼んだのかな」

「……ごめん、気にしているの？」

私の質問を逸らす彼女。ようやく由香が紅茶に口をつける。

「翔子、美味しい」由香の好みのブレンドで淹れた紅茶を、初めて由香が褒める。

違う、違う、こんなことが言いたいんじゃない。

「翔子、今度は私が訊いていい？」

「あ、うん」

「いつまで他の人と寝るつもりなの」

「………」

「私は、翔子の心の病のことはわかっているけど、正直、全部を把握しきれていないの」

「うん。そうだろうね。仕方ないことよ、それは」

「だから、結納して諒一さんと誓い合って婚約したあなたが、どうしてすぐに他の人と寝てしまえるのか、私には正直よくわからないの」

「怒っているの？」

由香の表情を汲み取ろうと彼女の顔を凝視する。彼女は微笑みながら言う。

「怒ってはいないよ。ただ、わかってあげられないのがもどかしいのと、それと」

由香の目に涙が溢れる。その涙は清澄で、美しい。世界で一番美しい液体だ、とひどく場違いな感情を抱いてしまう私。

「諒一さんが、かわいそうよ」彼女はハラハラと涙を零している。

「ごめんなさい。由香、何度も話しているけれど、私は誰かと寝ていると不安が少し和らぐの。でも言い訳できることではないよね、わかってる」

「翔子には幸せになってほしいんだってば。ね、お願い」

「ありがとう。わかってるよ」

「だからさ、危ないことはやめて。もし今、諒一さんではない人の子を妊娠でもしたらどうするの」

由香は涙を拭かずに私を見ている。

言おう。言わなくては。由香が言いたいのはこんなことではないことはわかっている。

「由香、あのさ、由香が倒れた日、私も過換気で苦しくなってしまって、それでも一人で帰ったの」

「えっ？」

「諒一くんは、由香に最後まで付き添わない私を責めたよ。喧嘩になったの。彼は、その足で由香の家に行ったのよ」

「え、翔子も具合悪くなってたの？」

「あ、でもいつもの発作だから私のはたいしたことなかったの。ただ」

「……ん？」

「諒一くん、泣いてたのよ、由香が心配だって」

由香が涙をさらに溢れさせる。紅茶の中に涙が落ちる。私は由香の涙の美しさに打たれている。彼女の涙の清澄さと気高さに比して、自分のこの穢れた体。私は自分を傷つけたくなる衝動にかられる。昔の、自傷癖が抜けなかった頃の手首の傷に視線を落とす。

「由香、諒一くんのこと、好きなの？」

涙の落ちた紅茶のカップの中のさざなみを見ながら、私はゆっくりと問う。

彼女は黙っている。深い、意味のある沈黙。私は不思議と落ち着いている。どれくらいの沈黙が過ぎただろう。紅茶はとっくに冷めて、空気も冷えている。由香はテーブルから離れて窓辺に立つ。夜のしじまを縫って、彼女の感情が流れる。


「翔子」

由香が窓辺に立ってこちらを向く。私はある予感を感じて、構える。

「私、一度だけ諒一さんと寝たの。ごめんなさい。翔子」

由香は泣いている。

「病院へは私が直接彼に電話して来てもらったの。諒一さんにそばにいてほしくて」

そうだったのか。

ショックだった。なのに、頭が冴えきっている。

由香の片想いではなかったのか。まさか二人がそういうことになっていたとは思っていなかった。いや、私はもしかしたらどこかで予感していたのかもしれない。狼狽はしなかった。逆にこの落ち着いた感情に説明がつかない。

そうだ、あまりに現実味がなさすぎて信じられないのだ。もっと嘆いていいんだ、もっと由香を責めてもいいんだと、もう一人の自分が耳元で囁いている。由香の体をまさぐる諒一くんの手。喘ぐ由香の声。考えただけで死にたくなる。

「私は、最初は諒一さんのことは本当になんとも思ってなかった。すごくいい人だし、翔子があんないい人と結婚できることを心から喜んでいたわ」

唐突に、由香の周りの空気だけ色彩が変わった気がする。

「翔子は最初、なんのためらいもなく出会い系で遊んでたよね。私も最初は翔子の気持ちを考えようと努力してきたよ。でもね、次第に、あんないい人を裏切る翔子が理解できなくなっていって、だんだん諒一さんへの同情のほうが勝ってしまった」

「……いつ、寝たの……」

絶望が後ろからやってくるのを感じながら、私はやっとの思いで口を開く。

「私、諒一さんがどれだけ翔子のこと好きか、よくわかってる。翔子も諒一さん以外の人に心を開けないことも、全部わかってた。でも、結納する前どうしても諒一さんに会いたくて、お祝い届けるからって言って諒一さんのところに行ったの。自分の横恋慕にケリをつけたかったの、私」

確かに私が会いたいと言って彼に断られた日があった。でも私はあの日、彼に断られた寂しさに耐えきれずに他の男と寝たんだった。

「あの当時、私のカウンセリングのことでバタバタしていた時期だったよね？」

私が力なく問う。

「そう。私は諒一さんがカウンセリングで家庭環境や過去の彼の気持ちを暴露させられることがイヤだった。どうして彼がそこまで、と思っていたの。ごめんなさい。私はあの当時、諒一さんのことがとても心配だったの」

これが恋ってものかな、と私はぼんやり考える。

ふーん、そうか、私のカウンセリングの最中に二人は会って寝たのか。由香は、諒一くんは、私のことをなによりも気にかけて心配してくれていたのではなかったのか。薄い怒りが初めて湧く。

「彼のことは責めないで。彼はずっと翔子のことが好きよ」

「でも、由香のことも好きなのよ、きっと」

「違う。私への気持ちは、違うよ。私の気持ちをほんのいっとき、癒そうとしてくれただけよ。彼はただ、私に同情しただけよ」

由香を諒一くんが癒す？　同情する？

由香も傷ついていたというの？　それは誰がつけた傷？

私が由香を傷つけていたの？

「私は、諒一さんのことが好きよ。それは否定しない。あんないい人に私は今まで会ったことがないの。本当に。人間的にも尊敬してるの。こんな気持ちになってしまったことは、自分でもどうしようもなかったの。よりにもよって、どうして翔子の大切な人にって何度も何度も自分を責めたし、抑えようともしていたわ。でも、ダメだった。本当にごめんなさい。赦してもらえるとは思っていない」泣きじゃくる由香。

私は体が小刻みに震えている。額には冷や汗が浮かんでいる。

「翔子、ごめんなさい。でも私は翔子のことも大事なの。虫のいいことを言うけどね、私は翔子も心から大切なの。私はもう、忘れられる。翔子、どうか私と諒一さんを赦してください」

「嘘。私たちの結納で倒れてしまうほど彼が好きなんでしょ、由香は」

「諒一さんのほうが私よりずっと苦しかったはずよ。抱いてって言ったのは私のほう。彼はずっと私を拒んでいたのよ」

でも、寝てしまえば同じだ、と心で毒づく私。

本当はわかっている。彼の苦悩も。思えば、カウンセリングでも彼はどこかうわの空だった。

結納さえしてしまえばすべて打開できるとでも言いたげに、彼は婚約に積極的だった。思い当たるフシがありすぎて、涙が出る。

結納後、ずっと彼は「婚約した」という事実だけを持ち出して自分に何かを言い聞かせていたように思う。誰が悪いのでもない。だからこそ辛い。どうしたらいいのかわからない。ただ、何もなかったように時をやりすごそうとしていた諒一くんに、言いたいことは山ほどある。彼はどうするつもりだったのだろう。由香の気持ちを。そして私の気持ちを。今、彼はどんな気持ちでいるのだろうか。

【本当は諒一くんも由香のことを好きなのではないか】

初めて湧いた、この疑念。ああ、とてつもなく怖い。

私は諒一くんを失うのか。怖い。怖い。怖い。

今後、由香を抱いた手を私は受け容れられるだろうか。

いや、そんなことを言う資格は私にはどこにもない。私はとうに彼を裏切って、見ず知らずの男とさんざん寝てきたじゃないか。今更ながら、自分のしてきたことの罪の重さを自覚させられ、心底震え上がる。これは、おそらく比類なく重い恐怖だ。そうしてこのザマだ。私には結局、なんにも残っていないじゃないか。心の底から湧き上がる寂寥。

あの雨の日、「助手席には乗らないで」と冷たく言い放った母の声がすぐ近くで蘇る。

「お母さん」私は母を呼ぶ。

お願い。ねえ、お母さん。こっちを見て。

お姉ちゃんばかり見ないで。私だってお姉ちゃん以上に賢いところもあるし、言うことも聞いてるよ、勉強も頑張ってるよ。

ね、お母さん。私もここにいるのよ、ねえ、私もお母さんのことが大好きなの、ねえ、こっちを見て。私のそばにいて。手を繋いで。お願い。

もう誰も、私のそばから離れていかないで、これ以上。お願い、お母さん。

由香は土下座をした。私はどうかそんなことはやめて、と彼女に抱きついた。二人で抱き合って泣く深夜、私は由香を赦そうと思った。

五月四日
連休最後の日。今年のゴールデンウイークは休暇がずいぶん取れたのだが、私にとっては一生忘れられない連休となってしまった。午後になってから長い日記をつける。日記の更新は翌日の朝には前日の分を書き終えるようにしているが、由香の告白のシーンを書き綴ることは正直しんどくて、パソコンに向かうまでに丸二日を要した。

こんなことは初めてだ。書き終えるまでに通算四、五時間はかかっただろうか。

もう一度由香の言葉を回想し拾い上げ、言葉に置き換えて文章として成り立たせる作業は、再度心を抉り散らされることと同義だ。

書くことは普段なら私にとっては楽しいことで、大好きなことだけれど、今回は一文字一文字を置くごとに血が迸るような幻覚に囚われながら書き綴った。

心が捩じ切れてしまうほど泣いた。でも、泣いていても仕方がない。情けないことが一つある。それは、私自身が「私のほうが諒一くんと結納しているんだから」という想いをしばしば胸に去来させてしまうことだ。結納が、婚約がなんなんだ。なんにもならない。わかっているのに、つい逃げる、ついそれに縋る。馬鹿馬鹿しい。

私が由香の告白を聞いたことをまだ彼は知らない。

由香は、私が諒一くんと会って話すまで絶対連絡しないと約束した。でも、彼にどう話せばいいのか、わからない。何もかもを切り裂いてしまうのが、怖い。

でも、逃げてはいけない。私、しっかりしろ。

意識的に、昔私が怪我をしたときに母が巻いてくれた包帯の白を心に呼び寄せる。その包帯の白さは、今の私にはとても眩しい白だ。私は母の手を思い出しながら、自分の心に一生懸命に包帯を巻く。

五月六日
鉛のように体が重い。無意識に薬の量が増えているせいだ。

深海に沈められた死体のように、私は漂い堕ちる。でも、泣いてばかりもいられない。社会人として、きちんと仕事をしなければならないのだ。

化粧をする。仕事のときはマスカラもアイラインも使わない。薄いピンクのアイシャドウを叩き、同じ色のルージュを引く。

ふと、ピンクの口紅の色を見て由香の唇を思い出す。

由香の唇は諒一くんの唇の感触を知っているんだ。そう思ったら心が飛び出しそうになり、思わず鏡の前で蹲る。彼の体に触れたであろう由香の唇の色が脳裏から消えない。

そう思ったら叫び出しそうになり、私はティッシュでごしごしと自分の唇につけた口紅のピンク色を拭う。

二人が抱き合っているシーンが何度も私を苦しめる。薬に頼るから体が重いんだと思うが、薬を飲んでいないと発狂しそうだ。

助けて。助けて。誰か、助けて。どうして私がこんな目に。どうして私が……と叫ぶ声の裏に「自業自得だろ」という自分の声が聞こえる。

自分を責めてはいけないと、私の日記を読んだ人からのたくさんの声。ありがたい。でも、この苦しみは劫罰(ごうばつ)以外の何物でもない。私は自分の罪を贖(あがな)うため、由香の告白を聞いたのだろうかと思ったりする。

職場に向かう途中、私は階段で派手に転んだ。ストッキングが破れ、膝から血が出ている。コンビニで新しいストッキングと絆創膏を買い、トイレで穿く。痛い。痛い。情けない。私は傷口を洗いながら泣く。痛いよう、痛いよう、痛いよう。

ねえ、誰か、私の手を引いて歩いてよ。もう転ばないように、怪我しないように。ここに来て。

「バカね、あなた、子供じゃないんだから」と言う母の声が聞こえる。

私は振りきって歩き出す。私は塾講師。生徒に勉強を教えに行くの。だから転んじゃいけない。泣いちゃいけない。

なんだか、まるで呆けたように論点の合わない思考を繰り返しながら、私は職場に着く。同僚たちが和やかに談笑している。ＧＷに行った旅行先のお土産が机に三つ。

「七井先生はフィアンセとどこか行ったんでしょ？」数学担当の江口先生が尋ねる。

「はい、あ、どこにも行かないでのんびりしてました」と笑顔で答える。胸が痛い。痛む膝を気にしていたら、若林先生が声をかけてくる。

「あれ、翔子センセ、なんだよ足怪我してるじゃん、転んだのかあ？」

相変わらず元気な大きい声。

「うん、さっき躓いた」と言うと「色ボケかよ」と言いながらマキロンを投げてくれた。彼は私が幸せな婚約をしたと思っていて、そのことを心から祝福してくれている。もう、私をいきなり抱きしめたときの彼はどこにもいない。南の海に行ったらしく、灼けて真っ黒だ。

「お土産買って来なかったの？　気が利かないわねぇ」私が軽口を言うと、彼はニヤッと笑って「後で土産話を聞かせるから」と言って教室に行った。私はほんの少し気持ちが軽くなっているのを感じる。

アパートに帰ってからサイトの管理をし、たまった家事をする。何かしていれば、由香と彼の抱き合うシーンの呪縛から逃れられる。

でも、私はもっとひどいことを彼に対してしてきたんだ。私は彼と付き合っていた間に、何度別の男と寝てきただろう。後悔はしない。したくない。しても仕方がない。私には必要なことだった。でも、彼がこの事実を知ったら、私の今の苦しみの比ではない痛苦を強いることになるのだ。

私は、コンビニに捨てた、転んで破れ血だらけになったストッキングを思い出す。

あの汚れたストッキングは、私だ。言うべきか、言わざるべきか、私は揺れる。すべて話して、赦してもらおうなどという甘い考えはない。一つだけ言えるのは、絶対に私は彼と別れたくないということ、それだけだ。

深夜、彼のケイタイに電話する。なんでもいいから話したかった。一人でいるのが耐えられなかったのだ。私の名前を呼ぶ声が、それだけが聞きたかった。「翔子」という、その声だけが。

彼は、電話に出なかった。寝ているのか、居留守なのか、それはわからない。カウンセリングの日が近づいている。

五月八日

いつか笑って話せる日が来るとは思えない。笑うことではない。たとえ、結果がどうなろうとも。

諒一くんが朝、やっと電話でつかまる。彼は今日オフ日のはずだ。

「話したいことがあるの。今日、会ってくれる?」意図せずに涙声になる。

「話したいことって、何」彼が無機質な声を出す。

私は黙る。私は何を「話したい」のか。本当は「話したくない」んじゃないだろうか。

由香の告白を聞かなかったことにして過ごせるかもしれないじゃないか、と考えたりする自分もいて、あまりのバカさ加減にうんざりする。何を今更、私は何から逃げるというのだ。

私は居住まいを正す。大きく大きくひとつ、深呼吸をする。

「諒一くん、由香から聞いてしまったの、私」振り絞って声を放つ。

「え、何を……」。彼の声が固まる。それきり黙る彼。

何分沈黙しただろう。私は緊張のあまり倒れ込みそうになり、恥ずかしい話だが無性に便意を催した。耐えきれなくなり、電話を切ってトイレに駆け込む。パニック障害の症状のひとつだと言われたことがあったが、私は、たびたび発作的に下痢をしてしまうのだ。お腹の痛さにうなりながら、もう一度電話をかける。

彼はすぐに「これから行くから」と言って切った。

でも、彼は来なかった。私は待つ。待つ。待つ。でも、待ちきれなくて、もう一度諒一くんに電話をした。最初に電話を切ったのが午前九時だから、私はかれこれ六時間彼を待っていたことになる。もう時計は午後の三時を回っている。でも、諒一くんのケイタイに出たのは、彼ではない。由香だった。

彼は、私に会わずに由香に会いに行ったのだ。

「どうして由香が諒一くんと一緒にいるの。私が諒一くんと話し合うまで会わないって約束したじゃない」問いつめる私。

「諒一さんが翔子になんて話したのか私のところに訊きに来たのよ。ごめん、翔子」

「いいから、彼に代わって」

「諒一さん、翔子ときちんと話すつもりでいるよ。でも、どうしたらいいのかわからないみたい。ね、責めないであげて、翔子」

私は由香の言葉に切れた。

「うるさいっ！」

涙と嗚咽が噴き出し、怒りの渦が私を取り巻く。

落ち着かないと。落ち着け、落ち着け。

発作が起こる予感を振り払う。だが、心に湧き立つ怒号が止まらない。

諒一くんはどうして、私にまっすぐ会いに来ないでそこにいるの。

「いいから電話、代わって。そのケイタイは由香のじゃない！　どうしてあなたたちが今一緒にいるのよ！」

私は泣き崩れた。心と頭が暴発する大きな予兆を感じる。

早く頓服薬を飲まなくてはと思う。でももうこのまま狂っても、人として使いものにならなくなったとしても、もし死んでしまったとしても、もうどうなってもいいとまで思う。どうしてこんな状況になっているのかがわからない。

「諒一さんは逃げたわけじゃないよ。ちゃんと話し合うために私のところに来たのよ。わかって、翔子」由香がひどく狼狽した声で叫ぶ。

「今、……どこにいるの」

意識して私はゆっくり問う。

「チロル」私のアパートから至近の喫茶店の名前だ。

彼は私の部屋のすぐ近くまで来て、由香を呼び出したのだろうか。

私が黙りこくっていると、暫くして、ようやく彼が電話を取る。

「翔子、ごめん、遅くなって。今から行く。由香ちゃんも一緒でいいかな」

毅然とした声。彼なりに結論が出たのだろうか。

私は精一杯、それこそ渾身の力で心に湧いた怒りや悲しみを捻り潰す。

どうしようか。私は考える。そのままじっと考えて、ようやく声を出す。

「ごめん、今日は由香には帰ってもらっていいかな」

間髪いれず諒一くんが言う。

「今日はできれば三人で会って話したいんだ」有無を言わせないぞという声。

こんな声を聞くのは初めてかもしれない。

三人で会って、由香がどういう気持ちになるのか、私が由香と対面してどうなるのか、この人は何も考えないんだろうか。いや、彼は彼なりに精一杯考えた結論なんだろう。だったら私も彼を尊重して、私自身も自分の心を整理しておかなければならないと思い直す。

「諒一くんは、一人で私に会いに来るべきだわ」

これだけ言い残して私は電話を切る。

それからまた六時間。彼は、まだ来ない。私はこうして日記を書く。書きながら彼を待つ。待つ。待つ。

彼と何十回も待ち合わせをしたけれど、こんな悲しい待ち合わせは初めてだ。しかも、五年間一度も遅刻をしたことのない彼が、こんなにも大遅刻。

私は薬を飲みながら、日記を書いては消す。ひどく自虐的な行為だ。だが、書くことで私は少し安定する。書きながら、すべての感情をトーンダウンさせる。ゆっくり、ゆっくり。

彼は、絶対来てくれる。私は信じている。

もう、私はもう、あのときの雨の教室には還らない。還りたくない。

お願い、早く。ここに。

五月九日

彼は結局来なかった。

一晩由香と一緒に過ごしたのだろうかと考えると「絶望」「自殺」の二つの言葉が私の心に過る。私は昨夜、一睡もせずに彼を待っていた。

どうやって時をやり過ごしたのか、あまり記憶にない。

朝が来る。曇り空。不意に実家で飼っている猫の鳴き声が私の頭で谺する。温かい猫の毛の感触が掌に乗る。

【マエに会いに行きたい】と唐突に思う。まるで何かにとり憑かれたように、私は早朝、車を出して実家に向かった。

由香と諒一くんが一緒に電話をした喫茶店の横を通る。もちろん店は閉まっている。彼と由香は今、どこにいるんだろう。なぜ私を置いてきぼりにしたんだろう。

篠つく驟雨に打たれながら相合傘をする二人の姿が私には見える。

「マエ、マエ、早くこっちへおいで」私は愛猫を心で呼ぶ。

マエなら私を傷つけない。マエなら私を温めてくれる。

早く抱きしめたい。おいで、おいで。

こんな朝早くに実家に戻ったことは今まで一度もなかったので、出迎えた両親がひどく驚く。なにごとかと問いかける。私はなんでもないよ、ただマエの顔を見たくなっただけだよと言って笑いながらマエを探す。でも、どこを探してもマエの姿がない。

「マエは？」朝食を食べ終えたばかりの父に問う。

「翔子には黙ってたんだけど、ここ一週間マエの姿が見当たらないんだよ。いろいろ探したんだけどな、家に帰ってきていないんだ」

私の中でブチッと音がしてなにかが切れた。

私は泣き叫んだ。

どこに行ってしまったの。マエ。なぜオマエまで私からいなくなるの？

私は狂ったようにマエ、マエ、と探し回った。

母は「やめなさい、そんな大きな声で、近所に聞こえるじゃないの」と私を窘める。

父は私のただならぬ気配に、私を呼んだ。

「翔子、猫は気まぐれだからな、じきに帰ってくるよ。まあ、落ち着けよ」

明らかに作った笑顔。その表情は強張っている。朝早くから猫に会いに来た娘を、母は訝しげに見る。

「翔子、何かあったの？」

ここで母にすべてを話したら、母は、父は、なんと言うだろうか。きっと父が本当のことを今知ったら、諒一くんをぶん殴りに行くだろう。両親には今は話せない、と思った。

「なんでもない、夢でマエの声が聞こえたから、心配になって来ただけ」と繕う。

「今度の日曜日、諒一さん連れてきなさいよ」

母は再び顔色を窺う。私は曖昧に頷く。

「あ、それから。ほら、カウンセリングとか言ってたわよね。お母さんが行くとか言ってなかった？　あれはどうなったの？　いつ行くの？　早く言ってくれないと予定が立たないじゃないの」

母は私を見ないで一気に話す。口調に若干険（けん）がある。

「お母さん、後で電話します、ありがとう」私は思わず頭を下げる。

「何よ、頭なんて下げて」と言って私の頭を軽く触った。

思いがけない母の感触が嬉しくて、私は縋りたくなる。

ねえ、お母さん、もっと私の頭を撫でてください、と言いそうになる。

マエが帰ってこなかったらどうしよう、どこかで死んでたらどうしようと母に言うと、「翔子は子供みたいねえ、大丈夫、帰ってくるわよ。いい歳して、まったく」と突き放すように言う。

母はまた冷たい母に戻ってしまった。しかし、むしろこっちの母の態度にもう慣れていて、馴染んでいる。

私はアパートに帰った。

ひょっとしたら彼が来ているかもしれない。その予感が当たった。彼の車がある。

マエの不在がショックだったので、アパートに座っている彼を見つけたとき、ふとマエを見つけたような気持ちになる。

頭が混乱している。私はマエに会いたいのか、彼に会いたいのか、わからなくなる。

諒一くん、やっと来てくれたのね、と私は泣く。プライドのカケラもないこのセリフ。

彼はまっすぐ私を見る。

「ごめん、翔子、ごめん」土下座する彼。

「言い訳はしない、由香ちゃんの気持ちがとても僕には痛くて、どうしても由香ちゃんの気持ちを宥めたかったんだ」

「どうして昨日まっすぐ来なかったの」

「由香ちゃんが告白したって聞いて、きっと由香ちゃんも苦しんでいると思ったし、翔子にどういうニュアンスで伝えたのか聞きたかったんだ」

私たちは黙する。いなくなってしまったマエの声を聞く。

マエが戻ってきた、と窓を開ける。

諒一くんは後ろから私を抱きしめる。私は目でマエを探す。

マエ、ここに来て。早く。


「僕はずっと翔子のことが大好きだった。結婚するのをとても楽しみにしていた」

諒一くん、どうして過去形で言うの。

「僕を赦してくれ、翔子」

「あなたは、由香が好きなの」

「放っておけないんだ、彼女のことを」

「私は？」

「翔子のことも放っておけない」

「どうするつもりなの」

「翔子が赦してくれるなら、僕は翔子と結婚したい。でも……」

ふと、由香と彼を初めて会わせたハンバーガーショップを思い出す。

いつから由香は諒一くんが好きだったんだろう。いつから彼は由香の気持ちに気付き始めたんだろう。

由香は私をいつもいじめっ子から庇ってくれた。いつも毎日手を繋いで歩いていた。由香の掌の感触がマエの温かさと混じる。

「翔子」

彼が私をきつく後ろから抱き、私は膝から崩れる。私には、もう、考える力がない。私は彼女を失うのはイヤだ。独りはイヤ。

「婚約さえすれば由香のことも、私のこともすべてチャラになると思っていたの」

「僕は、自分でもどうしたらいいかわからなくなってしまったんだ」

「卑怯よ。何も知らなかったことにして結婚しろというの、私に」

言っているそばから、自分のしてきた行為が蘇る。

何も知らなかったことにして結婚しろと言外に迫っていたのは、実は私のほうだ。

「翔子の病気のことを、理解したかった。でも、理解しようとすればするほど、どうしても入り込めないところがあった」とても小さな声。彼の姿がとても小さく遠くに見える。

「翔子の心の病を理解できないことが苦しかった。自分の中では理解できて当然なんだって思いがあったんだ。セックスに不満があると言われても、僕はどうしたらいいかわからなかったし、正直とてもショックだった。だから由香ちゃんの冷静な意見がありがたかった」

そうか、あなたも由香を頼っていたの。知らなかった。

「でも、由香ちゃんは、翔子のことをいつも大きく包み込んではいたけれど本当は誰よりも、誰かに包んでほしいと思っている女性だった」

「でも、だからといってどうしてあなたがなぜその包み込む役を担うの？」

「……由香ちゃんに告白された時、なんだかとてもいじらしくて、最後に抱きしめてくださいって言われた時、翔子のことを思い出して何度も断ったけれど、でも……」

「でも、なんなの」

「いとおしくて、いたわしくて、あとはなんだかとても彼女がかわいそうで、抱きしめるしかなかった。あの時の自分の気持ちはもうどうしようもなかったんだ」

耳鳴りがする。なんだか目の前にいる彼が別人に見えてくる。

「由香ちゃんと一緒にいると、自分を飾らないでいられるんだ。ラクなんだ。彼女といると、ホッとするんだ。でも、こんな自分を一番赦せないのは、自分だったんだよ。僕は、翔子と婚約までしたのに……」彼は泣いている。初めて見る彼の、こんな顔。そうか。そうだったの。

「諒一くんは私より由香が好きなの」と問いたかったけれど、怖くて問えなかった。

私はただひたすら私の許から消えてしまった猫を探していた。窓の外、ずっと目をやり、マエを探す。

マエ、どこにいるの、こっちに、おいで。ここに、この腕に、来て。どこにいるの。錯乱して私は、倒れた（らしい。記憶にない）。諒一くんはそれからずっとそばにいたらしい。が、私は眠らされたらしい。よく憶えていない。

朝、彼は出勤するため早く起きて出ていった。

「私はもう、大丈夫」と何度も言っていた記憶だけがうっすら残っている。

絡まる糸

五月十日

体が動かない。でも、仕事には行く。さすがに笑顔が出ず、周りの人には「少し風邪気味で」と言い訳する。若林先生は小声で「ヤリすぎてんじゃねーの、ホドホドにしろよ」と笑うが、笑い返せない。周りの人間がすべて幸せそうに見える。

こんなときは今までは由香がいつもそばにいてくれたんだ。

幼稚園の時、私はお気に入りのハンカチを失くした。子供にしては大人っぽい花柄の黄色のハンカチだった記憶がある。

由香は、家にある自分の母親のハンカチをありったけ幼稚園バッグに詰めて私に見せた。

「しょうこちゃん、ハンカチ、これぜんぶ、あげる」

私は小学校で転校した。

由香とは離れてしまったが、毎日のように電話や手紙で交流していた。

新しい学校に馴染めずにいた私に、由香は文通を申し出てくれた。毎日、私は由香の言葉で励まされ、手紙を書くことでストレスを解消していた。中学、高校と別だったが、私にはいつも彼女がいた。どんなに寂しくても苦しくても、由香はいつも私を見てくれていた。

彼女は「普通」であることに拘り、それを美徳としていた。そのポリシーを貫く彼女の強靭さにはとても敵わないと思っていた。

由香の恋はいつも相手に告白されて始まっていた。彼女はおとなしくて可愛いタイプなので、そこそこモテていたと思う。彼女は真面目で誠実そうな人ばかりと付き合っていたが、結局由香があまり乗り気にならないまま、いつも恋愛は二、三カ月で終わっていた。

でも、今思うと、私は彼女の苦悩を何ひとつ汲み取らなかったんじゃないだろうか。本当に私は頼ってばかりだった。由香は私に何かあると真っ先に飛んできてくれ、いつも精一杯力になってくれた。

私はどうしても彼女に「親友の婚約者と寝る不届きモノ」という烙印を押すことはできない。私には、とても彼女をそんなふうに貶めるようなことができない、長くて、重くて、そしてとても貴い歴史があるのだ。

おそらく、こんな出来損ないの私は、由香がいなかったらもっともっと壊れていただろうし、私みたいな不完全な人間が「先生」と呼ばれる立場で仕事ができるまでになっていたのは、間違いなく彼女がいたからだ。由香の存在抜きで、私自身を形成することは決してできなかった。それほどまでに、由香は私にとって大きい存在なのだ。

突き動かされるように不特定の男と寝まくってきた私と由香とでは、どちらが罪深いか。罪という点では、私のほうが比較にならないほど深い。

だって、由香は恋をして、恋した人と寝たいと真剣に思ったんだから。それが、たまたま私の彼だった。そのことを一番辛く思っているのは由香なんだから。好きな人がいながら他の男とヤリまくっていた私より、由香のほうがずっと純粋でまっすぐだ。彼女は、何かを計算して諒一くんと寝るような人間ではない。それは私が一番よく知っている。

「普通」であることにあれだけに執心していた彼女が、よりによって親友の婚約者に想いを打ち明け、抱いてとまで言ってしまう、そのことが彼女にとってどれだけの大きい想いと勇気を要したか、私には手にとるようにわかるのだ。

由香は、よほど思いつめてしまったんだろう。そのとき私を、忘れるほどに、きっと。由香はきっと、二度と彼とは会わないだろう。私を優先してくれると信じている。信じたい。由香を信じたいんだ。でも、この私の今の気持ちは、いったいどこに置けばいいんだろう。


私の周りには誰もいない。

私のブログ日記をネットで読んでくださる方々が【もっと由香を怒れ】と口々に言う。

でも、どうしても彼女に怒りが湧かない。

私はお人好しというより、バカなのか。いや違う。独りになりたくないという気持ちが強いのだ。結局私は置き去られることを何より恐れているのだ。

ただ一つだけ、私が諒一くんと話すまで二人では会わないという約束を守ってくれなかったことは、心底残念だと思う。怒りも覚えた。

私はあの時、諒一くんにまっすぐに私のところに来てほしかった。それは由香もわかっていたはずだ。

諒一くんが由香を選んでも、きっと彼女は彼を選ばないだろう。だとしたら、私が彼を赦すしかない。それができるかどうか、まだ自信がない。彼は私でなく、本当は由香を選びたいのではないだろうかと考えると、走り出したくなる。叫びたくなる。

「私とあなたは婚約してるのよ！」という、今となっては虚言にも似た言葉を放ちたくなる。


まずは、この自殺念慮を払拭しなくては。何度も、ビルの屋上から舞う自分の姿をイメージしては、消している。こんな状態をなんとかしなくては。明日はカウンセリング。手元にあった薬が一粒もなくなってしまった。体が言うことをきかない。早く名木先生に会いたい。

五月十一日
午後遅くにクリニックに行く。体が冷えている。芯から湧き上がる悪寒を持て余しながら待合室で名前を呼ばれるのを待つ。

「どうしました」

私の蒼い顔を見るなり美しい主治医が眉間に皺を寄せる。私はおずおずと自分の身に起こったことと、今の心境を話し始める。すべて聞き終えた名木医師は、私からわざと目を逸らし口を開く。

「七井さんはおそらく、幼い頃から意識下で由香さんを『お母さんの代理』として見てきたのかもしれません。由香さんも、あなたの母親の代役をすることで平安を得てきたのかもしれません。由香さんという、あなたにとって唯一無二の親友は、あなたにとって母親でもあったんですよ」

思いがけない分析だった。でもすべてを収斂する言葉だ。私は息を呑む。混乱する。続けて先生の言葉を待つ。

「あなたの親友の由香さんは、おそらくあなたのフィアンセと同じような家庭環境で育ったんじゃないでしょうか」

そうだろうか。そういえばそうなのかな、とぼんやり考える。

「そしてフィアンセもまた懸命にあなたの『親』になろうとしていた。その一方で一人の男性としてあなたに愛されたいという葛藤もあった。引き裂かれていたと言うには言葉がキツすぎますが、彼はあなたに愛されているという自信もあまりなかったのだと思います」

私は諒一くんの、頭の後ろを右手で撫でる癖を思い出す。その癖はいつの間にかすっかり私に馴染んでいたいとおしい仕草だ。

「あなたは由香さんと彼に、同じ子供を持つ夫婦のような関係を与えてしまった気がします。専門的に言うと、これは『擬似家族の形成』をしてしまったということなんです。アダルトチルドレンの方にしばしば見られる特徴です。ただその人間関係は、親役の二人がその関係の欺瞞に気付き、自己を取り戻そうとした時点で、わりと簡単に崩れるケースが多いです」

それを聞いて、私は堰を切ったように自分の気持ちを話した。名木先生は私のために、泣いてくれた。ただの医師と患者という関係なのに。とても嬉しかった。

「あなたが今取り戻さなければならないものは、自分自身と、お母様との健全な関係です。彼と由香さんのことは少し距離を置きましょう。私はもう一度彼にお会いしてもよろしいかしら」

諒一くんはカウンセリングに再び来てくれるだろうか。わからない。その前に私が彼に頼めるだろうか。

「それと、次回は必ずお母様にお会いします。必ず一緒に来てください」

毅然と言われた。お母さんに頼めるだろうか。なんだか途端に心細くなる。

病院から直接仕事場に向かう。無性に涙が出て仕方がない。

仕事はきちんとこなさないとと思いながら、もう、どこかに行って何も考えずに休みたいと痛切に思う。でも、教壇に立つと自然と仕事ができる。これも考えたら異様だ。

マエが見つからない。今、マエのぬくもりが恋しい。男の肌のぬくもりよりも、マエの温かさが欲しい。マエ、どこにいるのかなあ、早く見つからないかな……。

五月十二日
マエを探しに実家に戻った。

もう何も考えたくなかった。ただ私はひたすら「にゃう」、という声だけを探していた。

家には誰もいなかった。私は合鍵で家の中に入る。母の薄い香水のにおいがする。どこかに出かけたんだろうか。静寂が忍び寄る。私はマエの鳴き声だけを手繰る。でも、聞こえてくるのは時計の音だけだ。

母に置手紙を書いた。

『お母さん、今月末にクリニックに一緒に行ってください。私の主治医はお母さんに会いたがっています。難しい話はしません。話したくないことは黙っていてもいいです。実は私は今、』

……その続きが書けずに、一気に破る。

マエの餌皿が台所の片隅にある。私はそれを一瞥して、母の部屋に行き鏡台の前に座る。私が子供の頃から置いてある古い鏡台。抽斗の中には母の使っているメイク道具が整頓され、横たわっている。幼い頃、私はこの鏡台に座って密かに母の口紅を使った。すぐに気付かれてひどく叱咤され、母は私をじくじくと苛んだ。そして首を絞められたあの日。私は忘れない。あの時の母の顔を。母は何にそれほど怯えていたんだろう。

　鏡に映る自分の顔は、ひどく老けて見える。

　家の周りをぐるぐる回ってマエを呼ぶ。どこかで死んでいるかもしれないという考えが脳裏を過ると、倒れそうになる。私は、崩れそうだ。昨日主治医に下された、私が由香を母の代わりと見做していたという指摘は、あまりに納得がいきすぎ、あまりに的確すぎ、あまりに残酷な宣告だった。

　それよりも、恋人だと思っていた彼が私の父親役を担っていたことは、今までの自分と彼との関係をすべて否定されたような悲しさだ。でも、認めなければいけないのかもしれない。もっとマエを探していたかったが、仕事があるのでアパートに戻る。着替えをしていると、チャイムが鳴る。飛び上がって驚く。由香か諒一くんが来たのかも、と思うと動悸がして立てない。でも来たのは、弟の一樹だった。

「近くまで来たからよお」

　手にたこ焼きを持っている。私は笑顔を取り繕うこともできず、無言で弟を招く。

「マエを探してるんだって？　オヤジが心配してるぞ」

　たこ焼きをパクつきながら弟が言う。

何か話があって来たの、と問うと、弟はたこ焼きをハフハフと噛みながら鷹揚に、

「いやぁ、別に」と言う。

何か言いたげだが、弟も言い澱んでいるように見える。まさか、たこ焼きを食べにわざわざ私のところに来たわけでもあるまい。

「あのさ」弟が言う。私は緊張する。

「ねえちゃんさ、諒一さんとはうまくいってるんだろ？」

「イヤだわ、この前会ったときも一樹はおんなじこと訊いたよね。うまくいくもなにも、別に何も変わらないし」私はまたシラを切る。とても疲れる。早く帰ってほしい。

「ねえちゃんの友達のさ、えーっと、ゆきちゃん、だっけ」

「え」私は凍てつく。ある予感がする。

「由香でしょ」

「あ、由香ちゃんか。諒一さんと二人一緒にいるとこ、俺、見たけど。なんだか深刻そうだったからさ。ま、ねえちゃんが知ってることなら別に忘れてくれていいけど」

心の奥が波打つのを感じる。

「いつ？」

「んーーーと、この前の土曜日の夜」

私が一日中諒一くんを待っていた日だ。

「どこで？」

「駅で」

「どこの駅」

「や、だから、そこの」

弟は最寄りの駅の方向を指差す。まだ何か言いたげだ。

「一樹、何か隠してない？」

「二人とも駅で、なんか泣いてた」

「誰が？」

「だから、二人ともだって」

「何時頃？」

「夜九時頃」

私が諒一くんのケイタイに電話したのが午後三時だ。喫茶店にいると言ったのは嘘か。

「俺、そのとき会社の人と一緒だったから諒一さんに話しかけられなくてなぁ。で、その後のことはわからないんだけどさ、なんだか妙にその、雰囲気が異様だったというか……深刻そうだったから」

「そう」私は沈む。どうして二人とも嘘をつくんだろう。

駅にいたのはなぜだろう。一晩中待っていた私を置いて、彼と由香はあれから二人でどこかに行ったのだろうか。ずっと二人で一緒に過ごしたんだろうか。考えるとまた死にたくなるので、思考をむりやり止める。

「ねえちゃん、大丈夫なんだろ。離すなよ。諒一さんのこと」

弟はたこ焼きを食べ終えて、楊枝を使いながらわざとぞんざいに言う。私は繕うことも忘れて、呆然と立ち竦む。嘘であってほしい。

弟を恨むのは筋違いだが、どうして黙っていてくれなかったんだろうという理不尽な想いで一杯になる。でも、弟はこういうことを黙っていられる性格ではない。それに第一、他意なく、ただ私を案じて話しているだけである。母に愛されて育った弟には、私の根源的な苦悩は一生わからないだろう。でも、私は天真爛漫な彼を憎めない。姉に対するある種の妬心も、なぜか彼に対してはまったく持たないでいられる。

仕事に出かける時間だ。弟を見送って、私は車を出そうと駐車場に行く。が、エンジンをかける気力がなく、どうしても、どうしても車を出せない。足が動かせない。初めて私は、仕事を休んだ。

自己嫌悪に陥る。一晩中、寝ていた。薬でむりやり思考を停止させる。なんとかしなければという想いと、もうどうでもいいという想いと、綯い交ぜになった感情が私を苛む。

由香と会って話そうと思う。

彼女はどうしたいのか。

諒一くんの気持ちはどうなのか。私が動くべきだ。動かなければ。

主治医は距離を置けと言ったが、このまま停滞することは苦しみが増すだけのように思う。急ぎすぎているだろうか。でも、もう耐えられない。

白い錠剤は私を包み、束の間の眠りを与えてくれた。

明日から私は、どうしたらいいのか。皆目わからずにまた朝を迎える。

マエの鳴き声が聞きたい。

五月十三日
夜十時頃、まる一日何も食べていないのに気付く。それに気付いたら少し食欲が湧いてくる。

昆布のダシを効かせた玄米のお粥を食べる。由香に教わったレシピだ。

電話をかけたいと何度もケイタイを手に取る。誰にかけたいのか。由香か。彼か。他の誰かか。出会い系サイトの相手か。誰でも良かった。気付いたら、私はなぜか姉のところにかけていた。

「なーに、翔子ぉ、どうしたのよこんな遅くに。なにかあったぁ？」

悩みとはおおよそ無縁であろう姉の甲高い声を聞いて、途端に気持ちが萎えていく。

私は姉と何が話したかったんだろう。恨み言か？　愚痴か？　わからない。適当に話をして一方的に切った。

夜中、眠れずにまた私は手紙を書く。母へ。そして、由香へ。そして諒一くんへ。三通の手紙は、すべて同じ言葉で締めくくった。私の母親は、母だけだ。由香ではない。絶対に由香を私の母親にしてはいけない。

私は、由香を赦したい。寂しさから言うのではない。私にとって彼女は絶対に必要な人だ。

そして、そして、できることなら私は諒一くんとずっとずっと一緒にいたい。ヨボヨボになった三人が、日向の縁側でお茶を飲んで談笑する。それが私の夢。感傷かもしれない。バカだと言われてもいい。本来の父と母を親だと見做し、最初からやり直せるだろうか。そのためには、一度由香と諒一くんから離れよう。放たれることが、今一番いいことなんだと私は結論を出した。ずっと私の両親の代わりをしてくれた二人に、休息を与えてあげたい。

きっと諒一くんは、私のところに還ってきてくれる。……マエと一緒に、きっと。

五月十五日

おとといの突然の電話が気になったのか、姉の杏子から、電話がある。

「ヒマだったら会わない？　駅まで迎えに来てよ」

相も変わらず有無を言わせない口調だ。誰にも会いたくない気分だったし、姉に会うといつも不安定になってしまうので断ろうと思ったが、一歩も引かない雰囲気だったので仕方なく折れる。

駅には私の好きなフルーツを携えて立っている姉がいた。まるで病人の見舞い客じゃないかと、ひねた感情を持ってしまう私はひどく屈折している。

「翔子もいよいよ結婚ねえ。ねぇ、塾の仕事はどうするのよ」

姉は急かした様子で歩きながら話す。

「仕事は一時、辞めるよ」

「どうしてぇ？　もったいないじゃない」

「専業主婦というものを一度やってみたかったのよ」

もう面倒くさくなり投げやりに話すと、姉は私の耳元に近づき、まるで十年来の重大な秘密を打ち明けるように言う。

「つまんないよぉ……、ただの主婦なんて」

望んで専業主婦をしてきたはずの姉は幸せじゃないのか、とふと感じる。姉の、鷹揚でいつも明るい、彼女独特の自信の張り方。これは母の愛を一身に受けてきたことを示す証だ。

私は自分の身に起こっていることをすべて打ち明けたい衝動を抑えきれなくなり、必死で言葉を呑み込む。絶対言ってはいけない。

「姉さん、諒一さんがね、由香と寝たの」

こんなことを言えば、姉はどうせ「バカねえ、あなたがちゃんと捕まえておかないからよ」と私のことだけを否定的に言うことはわかっている。姉に悪気はない。悪気はないが、意識下でいつも優位に立ちたがっていることに私は気付いている。だが、その姉の態度をわざわざ確認したいような妙な気持ちにもなり、必死に耐える。でも、姉は一応心配して電車を乗り継いで私の許に来てくれたんだろう。なのに私の、この姉に対する屈託は、今や自分でもコントロールできない。幼い頃の羨望と嫉妬をいまだに引きずり拘泥しているのは子供じみていることだとわかっていながら。


私は何事もないように装い、姉にランチを奢り、そしてまた独りの部屋に帰る。

私の三通の手紙はもう届いているはずだ。なのに、三人とも音沙汰がない。

三人への手紙の最後の行に書いた『私はずっとあなたのそばにいたいのです。あなたの近くにいたいのです。あなたは私にとって、とても大切な人です。』という、まるで日本語を覚えたばかりの外国人が書くような稚拙な言葉。でも、稚拙でも単純でも、何時間もかけて書いた、とても密度の濃い、私の心からの言葉だ。


今、由香と諒一くんは会っているのかなぁと考えることがある。

正直、それはとても辛い。できれば、もう会ってほしくないし、絶対にセックスしてほしくない。でも、その一方で、おそらくひどく苦しんでいる由香と諒一くんが一緒にいてくれればいいと思う気持ちが心の奥に一%くらい潜んでいる。その一%の感情は、私の偽善か、思いやりか、それは自分でもよくわからない。

今日は八日ぶりに仕事に行く。

塾の先生たちがあまりの私の痩せ具合に驚き、口々に心配の言葉をかける。

「無理しなくていいんだよ」と塾長さえ言う。

私はハタから見ても憔悴しきっているのだろうか。もしそうなら、とても辛いことだ。

苦悩を振りまいているなんて耐えられない。

若林先生は何も言わず、ただ笑いながら「なー、翔子センセ、今日さ、またこの前のおでん屋、付き合わない？ サイパンの土産話も聞かせるからよお」としきりに誘う。心配してくれてるんだなあと思うが、彼の話に笑って相槌を打てるだけの自信がなく、断る。若林先生は「じゃあ、なんでもいいからメシ食え」とひと言。怒ったように帰っていった。

仕事を終えた私は、なんでもいいからメシ、なんでもいいからメシ、と呪文のようにブツブツと呟きながら、夜道を歩く。なんでもいいからメシ、そうか、何食べようか。

突然、乾麺を茹でて釜揚げうどんを作ろうと思い立つ。スーパーで乾麺と鰹節と煮干しを大量に買う。ダシを取り、つゆ汁を作る。お湯を沸かし麺を投入、十五分。大量に茹で上がった白い麺をお櫃に入れ、私は狭いアパートの一室で独り、麺をすすった。とても一人で食べきれる量ではない。ずるずる、ずるずる、と品のない音。白いうどんが私の体内に吸い込まれる音だけが部屋に満ち溢れていく。そしてその炭水化物の塊は、確実に私の胃を満たしていく。

だけど私は、本当は何も満たされていない。そのことから目を逸らすために、私はただひたすら食べ続けなければならない。

私は待つんだ。待つことに、決めたんだ。

明日は日曜日。諒一くんはいったい誰と過ごすんだろう。

五月十六日
日曜日、たまった家事をする。外は雨。雨音を聞きながら私は黙々と部屋を片付ける。壁に飾られた諒一くんと私の写真。彼は眩しそうな表情で笑っている。彼は決してとびきりのハンサムというわけではないが、笑顔になると独特の、ほんとうにいとおしい貌(かお)を見せる。
昨夜は眠剤を飲まずに寝ようとトライしたが、結局明け方まで眠れなかった。
久しぶりにじっくり鏡を見る。あまりの肌の荒れように愕然とし、泥のパックをする。でも、こうして自分自身のことにかまける余裕が出てきたのは、「待つ」ことができているからだろうか。ただ、無性に寂しくて悲しくて、彼の許へ走り出してしまいそうになることもある。このまま待ち続けても、待ちぼうけを食らったらどうしようという危惧がないわけではないが、私は彼を信じている。由香のことも信じると決めた。荒れ果てた肌を回復させるにはどのくらいかかるだろうと案じる自分とは別に、「もう私なんて綺麗でいなくてもいいや」と自暴自棄に思ってしまう自分がいて私は分断されている。

電話のベル。コール音に身構える私。瞳孔が開く感覚がある。

「はい」おそるおそる声を出す。

「翔子、手紙読んだけど……」母の声だ。不審そうな、不安そうな声。

動悸が始まる。

「あ、着いたの?」私はわざと明るく言う。

「翔子、私が悪いのかしら」

「そんなふうに解釈して読まないでって書いたでしょ?」

「でも、すべての原因は私にあるようにしか読めないわよ、あの手紙は」

「違う。お母さん」

「……私は、分け隔てなく育てたつもりなんだけれどねぇ……」

「………」

「翔子、親は自分の子供を憎いとか嫌いとか、思わないんだよ、普通は」

母は、まだ殻の中にいる。自分のせいではない、と頑なに主張する。でも、気付いている。母はまだ、言い出せないだけだ。

「でも、愛されているという満たされた気持ちになったことがなかったのよ、お母さんから」

　私はゆっくりと、嚙みしめながら言う。母は、しん、となる。

　しばらくの沈黙の後、ひっそりと、霧に包まれた声のような儚さで、伝わる母の、声。

「……翔子、そうだったの。……ごめんね」母が泣いている。

　ごめんね、という言葉が母の口から出るなんて。私はそのことが嬉しいというより、その言葉が母から発せられたことが驚きで、信じられない気持ちでいっぱいだ。

「陽一（四つ上の兄）と杏子は、育てやすくて……ワガママばかりだったけどね、でも、お母さんにはわかりやすい子供だったのよ。何をしても、ちゃんと反応があったから。一樹は末っ子で甘えん坊だったから、可愛かった。それに」

「それに？」私は促す。


「勉強のできない子だったけど、いつも一生懸命だったから、一樹は」

「……」

「正直言うとね……翔子のことは、どう育てたらいいのか、難しいところがあったのね」私は沈む。こちらが悪かったのか、と思うやいなや、母は言う。

「でも、それはあなたのせいではないわね」

　母は鼻水を啜りながら電話の向こうで私の反応を確かめている。

「翔子は、手のかからない子だったけどね……でも翔子だって、お母さんが干渉するのを嫌っていたでしょう」

　確かにそうだった。私は決して独りが好きなわけではなかったが、一度独りに慣れてしまうと、とてもラクだということを幼い頃から覚えてしまっていた。心の底では愛情を欲し、絶えず母に、父に、周りの人間に注目されていたいと切望しながら、一方では頑なに自分の領域を守っていた。この依怙地さが、母を遠ざけていたんだろうか。

「お母さん」私は声を少し大きくする。

「じゃあ、どうしてあのとき、私の首を絞めたの。私を殺そうと思ったの。いないほうがいいと思ったんでしょう。そんなに私のこと、嫌いだった？　ウザくて邪魔だったの？」

「違う」母がまた啜り泣く。

「お母さんも、お父さんの浮気で苦しんでたのは知っていたでしょ、翔子」

　知っている。でも、子供心に知らないフリをし続けるのが一番の策だとわかっていたから黙っていたのだ。

「お母さんはあの時、自分のことがイヤでイヤで仕方がなくて、お父さんが、他の女と……」

「どうして自分を責めたの。お母さんが悪いんじゃないよね」

「お父さんが他の女の人に走ったのは、お母さんが傲(おご)っていたからだと思ったのよ」

　母は、自分を責めていたのか。かわいそうに。何も悪くないのに。

「翔子は、いつも私から遠くにいて、私をじっと見ていて、それで、その翔子の目は私の取り澄ました顔にソックリで……気付いたら、私はあなたに手を……」

「もういいよ、お母さん、泣くの止めて」と言いながら、私も号泣する。

「お母さん」

「……はい」

「私も、お母さんに、抱きしめてもらいたかったのよ。可愛いねって言ってほしかったのよ。杏子姉さんにするみたいに」

「……翔子」

「私は、取り澄ましていたわけじゃないよ、お母さん。私はずっとお母さんのことばかり見てたじゃない。私はお母さんにも私のことを見ててほしかっただけなんだよ。それだけだよ。私は、できのいい子なんかじゃない。お母さんに愛されたかったから勉強も頑張った。お母さんに褒めてもらいたくて、いつもいつも頑張っていたのよ。一樹だけじゃないよ。一生懸命だったのは」

「そうね……もっと褒めてあげればよかったのね。翔子が褒めてもらいたがっているとは思えなくてね」

電話の向こうで父の声がする。電話口で泣いている母を心配しているんだろう。

「翔子、お母さんのこと、赦して。手紙読んだとき、お母さんは今までで一番泣いたわ。ごめんなさいね、翔子」

私はひたすら泣き続ける。

「翔子が婚約したとき、これで諒一さんが幸せにしてくれるって思って、お父さんと万歳三唱したんだよ、本当だよ」

　今の状態を知ったら、母はどうなるだろう。

　母は、確かに私に謝罪した。私の書いた手紙は、決して恨みつらみではなかった。ただ、私はお母さんのことをずっと好きだったということを書いた。これから先、ずっと大切にしたいということを心を込めて書いた。

　母にとって、私は「いい子」ではなく、ただ苛立たせるだけの存在だったという事実に、傷つきはしない。もう、いい。

　あの美しい母が、父に浮気されたとき、相手を責めずに自分に非があると思ってしまったほど、もしかして母にも根源的なコンプレックスのようなものがあるのかもしれない。

　母は、どうやって父を赦したのだろうか。それを訊きたいが、今はまだ何も話せない。母のことを、解放しよう。母もまた、何かに捉われていたなら、ラクにしてあげよう。カウンセリングに二人で行こうと決めて、私は生まれて初めて心から母に言った。

「お母さん、私はお母さんを、大切にするから」

　雨はまだ止まないけれど、きっと私は、失った時間を取り戻せるだろう。きっと、これから、直っていく。母との、もつれすぎた糸を一本一本ほぐしていけると、私は信じたい。

由香、私はお母さんと話せたよ、と呟いて、私は独りの部屋で膝を抱える。諒一くん、ここにいてよ。ねえ。二人とも好きだった北野武の映画、また一緒に観に行くって約束してたじゃない。ねえ。諒一くん。私、ここにいるんだよ。ねえ、ここへ来て。お願い。諒一くんは、ずっと私の部屋の写真立てではにかんで笑っている。

五月十七日

母と話せたことで幾分気持ちがラクになり、減薬できるという自信に繋がる。四種類飲んでいた薬を二種類に減らしていいかどうか、名木先生に電話してみる。でも私が電話したとき、名木先生はちょうど暴力的で難儀な患者の対応をしていたらしくひどく消耗しており、声にまったく張りがない。

「七井さん、お薬を減らして、もし不安が出るようなら無理はしないでくださいね」

慌ただしく電話を切られる。ちょっと突き放された気持ちになるが、母のことを話すのはもう少し時間がたっぷりある時のほうがいいだろうと思い直す。しばらく放っておいた私の長い髪は艶が失せ、生気を失っている。

朝、髪を洗い、丹念にトリートメントする。大好きなシャンプーの爽快な香りに包まれて、私は安堵する。この香りが私は大好きだ。ボディソープもコロンも同じものを愛用している。全身がいいにおいになって、サッパリした気持ちでいると、電話が鳴る。姉からだ。途端に受話器の向こうから瘴気(しょうき)のようなものが漂う気がして顔をしかめてしまう。

姉のことが嫌いなわけでもない。尊敬しているところも、敵わないと思っているところもたくさんある。でも、今は姉の声は聞きたくなかったのだ。

「翔子、お母さんのこと電話で泣かしたんだって？」険のある声。

「違うよ。誰がそんなことを言ってたの」

「お父さんが言ってたわよ。翔子がガミガミなんか言って、オイオイ泣かせてたって」

違う。父はそんな言い方は絶対しない。姉は故意に歪曲し脚色しているのだ。

「手紙書いたんだって？　お母さんに」

「なぜ知ってるの」

「お母さんが言ってたからさ」

「え？」

「翔子、アンタさ、お母さんに愛してほしかった、お姉ちゃんばっかり可愛がってたって書いたんだって？　なんで今更そんなこと言って泣かすのよ」

「そんなこと書いてない。お母さんがそう言ったの？」

「そうよ。お母さん、とっても傷ついてたのに、それがわからないの？　アンタは昔っからそうやって自分の主張を最後にぶつけて、結局思うようにいかないと周りが悪いって言い続けるんだよねえ」

私は姉の言い方にひどく傷つけられ途端に落ち込む。

「大体なんで今更そんなこと言うのよ。アンタはお母さんをどうしたいわけ？」

「どうしたいって、そんなこと考えてもいないし、言ってもいないよ」

「じゃあ、何」

「私は、今、どうしても乗り越えなければならないことがあって、それで、どうしても、お母さんに……」言えない。私は萎縮しまくる。

「カウンセリングだかなんだか知らないけど、お母さんを精神科になんか連れていかないでよ。アンタ、子供じゃないんでしょ。親同伴で病院行くとか、信じられない」

「お母さんは自分から行くって言ってくれた」

「自分のことは自分で解決しなさいよ。アンタには婚約者もいるじゃないよ。お母さんがどれほど迷惑か、わかってんのアンタ」

「わかってるけど、話さなければならなかったのよっ！」

ハッキリと姉に放つ。姉は一瞬怯んだ後、言った。

「そういえば……翔子、マエ、見つからないね……きっともう、どこかで死んでるわよね」

私は、何ひとつ言い返せず、叩くように電話を切った。ひどく混乱し泣けるだけ泣いた。お気に入りのシャンプーの香りは、すっかり失せていた。こんなに激昂されたのは、私が昔、姉のボーイフレンドと二人で姉の部屋で猫の本を見せてもらっていたとき以来だ。

あの時、私はまだ中学生だったたし、姉の彼氏は十三歳の私からしたられっきとした大人で「姉の恋人」という意識しかなく、だから姉に後から言われた「色目を使った」という言葉の意味すらもわからないほどだった。

でも、事あるごとに姉はその時のことを持ち出しては母に「翔子は昔っから色仕掛けしてたからねえ」と冗談ともつかない言葉を平気で言い放つのだった。

ふと、思う。

ひょっとして姉は今、あまり幸せだという実感を持てないまま生きているのではないか。幸せに満ちていれば、こんなふうにわざわざ妹を悲しませる電話をかけてはこないはずだ。それでも、姉の状況を慮る余裕もなく、私は悉く傷ついていた。打ちのめされていた。姉は、嫉妬しているんだろうか。ずっと、母の愛情をたっぷりと享受し、堪能してきた姉でも、まだ足りないものがあるのだろうか。私には、わからない。でも、私は姉ではなく、母を信じたい。母の涙は、嘘ではないと、信じたい。母が迷惑だと思っていないと信じなかったら、私は、本当に本当にどうしたらいいかわからなくなってしまう。一度信じて待つと決めたからには、私はそれをまっとうしなければならない。

由香……由香は今、どうしているんだろう。

「こんなときは、落ち着いて考えてみようね、人間、焦ってもいいことはないよ」

問題を解けない生徒に今日放った言葉は、そのまま私の胸に堕ちる。

何度も郵便受けを覗き、ケイタイの着信履歴を見て、パソコンを立ち上げてメーラーを開く。でも、二人からの連絡はない。

ふと、ある出会い系サイトにアクセスしてみる。私のメールボックスには新着メールが満杯だ。でも、私は開かずに、そのまま閉じる。手を伸ばせば、私を抱いてくれる腕が、まるで地底から這い出る地虫のように蠢いている。

でも、私が今ほしいのは、見知らぬ男の腕ではない。いまだに体を貫くペニスの感触を、体の奥で欲することがあるけれど、私は諒一くんに包まれたい。他の誰でもなく、彼自身のすべてが、恋しい。欲しい。

「私は何も失ってなどいない」

大きな声で叫ぶ、夜のとばり。そうして私は、またマエの声に耳を澄ます。

早く、早くここに帰っておいで、マエ。

五月二十日
今日は休みだったのだが、先日三日続けて欠勤したので仕事がたまってしまって、休めない。フラフラする頭をなんとか気力で持ち上げて、私はスーツに着替える。昨日から今日にかけて、ずっとホームページの表紙リニューアルにかかりっきりだった。今度はスッキリしたデザインに仕上がったと思う。ほぼでき上がって会心の笑み。

出がけに母から電話がある。私はまだ、緊張するクセが抜けない。電話の声の母は、顔が見えない分、余計にずっと近くに感じられる。

「カウンセリングでどういう質問をされるのか、聞いておこうと思って」

おずおずと話し始める母の声に、私は縋りたくなる。甘えたくなる。

「あ、それは私にもわからないんだけど、たぶん、お母さんの小さい頃の話を訊かれると思うけど」

私が言うと、母は驚いて言う。

「え？　翔子の治療をするのに、どうして私の小さい頃の話をするのかしら」

「んーーとね、私の、根源的なものを、お母さんの育った家庭環境から推し量っていくんじゃないかと、思うんだけど」

この説明じゃわからないだろうなと思いながら、私は話す。母は途端に声のトーンを低くする。

「私の子供時代のことが翔子にまで影響するって言ってるの？」

うーん、なんて言ったらいいのだろうか。アダルトチルドレンという言葉さえ知らない母に、虐待の連鎖について私が生半可に話してわかってもらえる自信はない。それに、カウンセリングするということは、母に「自分は娘を虐待した」という事実を認めさせることになる。長年、目を逸らし続けていたことを、さして会ったこともない医師の前で晒すことは、プライドの高い母にとっては拷問に近いものがあるはずだ。でも、母はこうして電話をかけてきてくれた。それだけでも私はこんなにやすらかだ。

ただ、心に根付いたトラウマは、時間をかけ丁寧にほぐしていかないと絶対に元から治癒することはできない。それは自分でもよくわかっている。母と向き合うことは、まだ怖い。母とて同じことだろう。何年も、放置されていたと思って育った私と、何年も負い目を隠しながら生きてきた母の人生をまた新たに始めるには、並大抵の覚悟と決意ではきっと途中で挫折してしまうんだろうと思う。

でも、私はここまで来たんだ。もうすぐきっと、母と笑い合える日が来る。そう、信じるんだ。

電話を切る直前、母が気になることを言った。

「ああ、そういえば昨日、一樹が諒一さんのところに行ってなんかすごく怒って帰ってきたよ。何かあったのかい」

「えっ」私は固まる。どうして一樹が諒一くんのところへ。動悸がして、冷や汗が出てくる。怒っていたって、なんだろう。どうして何も弟は言ってこないんだろう。

年子の弟、一樹は実家の至近にカジュアルウェアのデザイン事務所を構えて、そこに住居も構え、一人で暮らしている。私とは違って、精神的にも肉体的にも健康そのものの弟は、自分一人で会社を興し、自分一人で顧客を得て、自分の足で歩き、育て、今や従業員六人を使って仕事を立派に軌道に乗せている。

世間からは所長と呼ばれている彼だが、見た目は童顔でとても三十代には見えない。

どこから見ても学生アガリの兄ちゃんだ。
「俺さ、もう少し身長があればジャニーズでデビューできたのになあ」などと冗談で言うことがあるが、確かに見ようによってはアイドル系に見えなくもない。姉の私から見ても愛嬌のある可愛い男だ。

ただ、見た目の可愛らしさと性格の粗雑さのギャップが強すぎて、それがモテない理由かなあと私は踏んでいる。弟は忙しくて彼女を作るヒマがないんだと言い訳がましく嘆いてみせているが、彼の屈託のない明朗さと活発さは、こんな私にとってはただ羨望の的なだけだ。同じきょうだいとは思えない弟の楽天的で人懐こい性格は、私とは当然相容れない部分もあるが、不思議と私は弟とは軋轢がない。

今回のことを弟が知ったら、私の心の襞の奥まで汲み取ってくれるとは到底思えない。弟はきっと駅で、由香と一緒に泣いていた諒一くんを見て、黙っていられなかったんだろうと思うけれど、どうして事前に私にひと言言ってくれなかったんだろう。

もっと詳しく母に問いたかったが、何も気付いていない母に動揺を与えたくない。私はありがとうと言って電話を切る。でも、一気に不安で一杯になる。せっかく「待つ」と決めていた私は、自分の大事にしてきた宝物を弟に壊されたような気がして、ひどく困惑した。でも、彼は彼なりに私と諒一くんに何かただ事ではないことがあったと察したんだろう。いったい何を話しに行ったのだろう。

弟のケイタイに電話すると、電源が入っていないとアナウンスされる。弟の事務所に電話すると、顔見知りの事務員が出る。

「所長は今出かけてますよ。夕方にはお帰りになります。あ、翔子さん、ご婚約おめでとうございます！」

あまりに場違いなお祝いの言葉を唐突に聞かされて、私は驚き、思わず電話の向こうに作り笑いを返す。私も仕事に行く時間だ。帰ってから弟のところに行こうと決めて、出かける。

職場に着くとすぐに弟からケイタイに電話がかかる。

「ねえちゃん……。今日、仕事休めないか」

「何言ってるの、今、塾に着いたところよ」

「大事な話があるから終わったら行くから」

「え、なあに？」私が問うと、弟は電話の向こうで怒鳴り出した。

「な〜に？　じゃねーだろっ！　なにやってんだよ、ねえちゃんはっ！」

「ど、どうしたのよ一樹」

「なんでのほほんと仕事なんかしてるんだよ！　ねえちゃんはなんで、そんなに暢気にしてられんだよ！」

「どうしたのよ」

弟は、一気に言った。

「諒一のヤツ、今、由香ちゃんと暮らしてるの、知らないのかよっ！」

一切の音が途絶え、一切の色が消え、私はケイタイを落とした。

若林先生が倒れた私を抱える。救急車、と叫ぶ声。私は大丈夫ですからと答えて立つ。

すみませんが、きょうはかえります、ひんけつで、ぐあいがわるくて。ごめんなさい。ごめんなさい。ごめんなさい。かえります。

え、帰るってどこに？

またあの独りのアパートに帰るの？

私はもう、待つことさえ、できないの？

何も知らない。何も聞いていない。どうしてこんなことになるの？

弟が迎えに来るまで、私は傍らに若林先生の声を聞きながら泣いていた。もう、生徒や上司に泣き顔を見られようがどう思われようがどうでもよかった。

彼は私でなく由香を選んだんだ。

でも、どうして今まで二人ともこの状態のまま放っておいたんだろう。あれほど人と人との繋がりを大切にする二人が。どうして。

激怒する弟とは対照的に、私は何も考えることができず、ただ黙って弟の背中を見つめていた。

五月二十一日

彼の部屋の洗面台にあったピンクの歯ブラシ。彼の青い歯ブラシの横にちんまりと並んであった歯ブラシが、私のものでないなんて。

由香と諒一くんはただただ俯き、私に謝罪をしていた。

私はどうすることもできず、今、現実を受け容れられない。感情が枯渇して言葉が一切出てこない。弟はここぞとばかりに大声で罵声を浴びせる。

「おい、諒一さんよぉ。アンタ。ねえちゃんの親友と寝るってどういうことだよっ！　この前婚約したばかりだろうがっ。なんでねえちゃんが独りでいるのにアンタたちがのほほんと一緒に暮らしてんだよっ！」弟が彼に摑みかかる。

「一樹くん、ごめんなさい、翔子、ごめんなさい、私どうしても独りではいられなくて、諒一さんに一緒にいてほしくて」由香が泣きながら叫ぶ。

私は由香の涙を見て何も感じなくなる。声が遠くに聞こえ、意識が薄くなる。

「由香ちゃんを独りにしてはおけなかったんだ。ただそれだけなんだ。翔子にはちゃんと会って話すつもりでいたんだ」

弟は何を言わんかとかぶりを振る。

「なーにフザけたこと言ってんだっ！　ねえちゃんは、倒れるほどアンタたちを待ってたんだぞ。なんで無視すんだよっ！」

弟の声はどんどん大きく、どんどん強くなる。

「悪かった。本当にすまない」ひたすら頭を下げる彼。

ここに私が来るなんて夢にも思っていなかった二人は、ドアを開けた時、部屋でのんびりとテレビを観ていた。

私を見たときの、由香の、怯(おび)えた目。彼の怯(ひる)んだ声。信じたくない。

「どうするつもりなんだ諒一さん。このまま由香ちゃんと暮らしていくのか？」

弟は拳(こぶし)を握りしめて強く問う。

「翔子が、もうこんな僕に会いたくないと言うなら、その通りにしてもいい」

「そんなこと、やめてっ」

叫ぶ由香。由香の泣き声が静かに部屋に響く。

一樹が由香に近づき、ゆっくりと言葉を放つ。

「由香さんよ～、何がやめてっ、だよ。ふざけたことヌカすなよ。アンタ、好きなんだろ、この男が。だからずっと一緒にいたんだろ、二人してこんだけねえちゃん無視して馬鹿にしやがってよお」怒りでぶるぶると震える弟。

弟は、人の心の細かい綾を理解したり、汲み取る繊細さには欠ける。でも的確かつ現実的な思考と、とても明確な自分の意志と信念を守ってキッパリ動く人間だ。弟にとっては私が何もせずに待ち続けた理由も、二人が一緒にいなければならない理由も何ひとつ理解できないだろう。

でも、このときばかりは弟の存在がありがたかった。だって、私一人ではどうすることもできなかったんだから。パニック発作寸前の私は、弟を促した。

「一樹、もう、いいよ。後でちゃんとする。もう私は、いい。自分でね、なんとかするから。帰ろう、一樹」

私はただ母の待つ家に帰りたかった。

「あー、信じられねぇ、どいつもこいつもっ！」

一樹は私達全員に対して汚物を見るような目で睨みつける。そのまま一樹は私の背を押す。

帰りの車の中で私は過換気発作を起こし、うわごとを繰り返していたらしい。入院しろよと弟にしきりに言われる。でも、私は家に帰りたかった。

由香は私が出会い系サイトで遊んでいたことを誰にも話していないようだ。

家族全員に入院を勧められたけれど、私は明日からしばらくの間、実家で母と父と暮らすことを選んだ。私は、四十キロまで体重が落ちた。

五月二十三日

晴天。朝、目覚めると味噌汁のにおい。母は毎日私の好きな豆腐とワカメの具をたくさん入れてくれる。

母と父は何も言わない。主治医に指示されたのだろうかと思うが、諒一くんのご両親と話し合ってすべてを聞き、かなりショックだったはずなのに、母は黙って毎日私の食事を作ってくれる。弟は毎日、朝食は実家に来て食べる。

今回のことで一番動いてくれたのは一樹だ。弟は私のために泣き、叫び、怒り、そして悲しんでくれた。諒一くんと一番話してくれたのも一樹だ。由香の気持ちを宥めたのも、実は弟だ。彼は、私の心情の細部まではわかってはいない。でも今回の顚末に弟がいてくれなかったら、私は何もできなかっただろう。感謝する気持ちを伝えたいが、うまく言えないままだ。

ネットを通じてこうして日記を書いていると、バーチャルとはいえ顔の見えない画面の向こうで、私を心から案じてくれる声をひしひしと感じる。それは決して思い込みや妄想ではない。

少なくとも、こちら側にいる「リアルな私」を今までずっと支えてくれた大きな力のひとつである。見えない、触れられない、そんな危うくて儚い人間関係に私はどんなに救われていただろう。

出会い系サイトで見知らぬ人とたくさんセックスしていた私だけれど、どんなに何度もエクスタシーに達していても、何時間と肌を密着させていても、こんなにも私の力になってはくれなかった。「想い」の力は、なんと貴くて、なんと大きくて、そしてなんと力強いのだろうと心から感激している。

「体」で埋める空虚は、所詮「体」しか満足させられないんだと、当たり前のことに気付かせてくれたのが、ブログを見て応援してくれたたくさんの人たちだ。

一樹が頼みもしないのに、諒一くんが話したことを私に伝えてくる。

「二人で一緒に暮らしたのは五日間だってよ。その間ヤりまくったんだろうって怒鳴りつけたら、アイツ、天に誓ってそれはないって言うんだ。馬鹿みてぇ。天に誓うだとさ。浮気したのには変わりねぇのに」

「やめてよ、そういう言い方は」

私は静かに一樹を窘める。彼は肩をすくめて舌を出す。

又聞きで耳にする二人の行動は、私にとって何ひとつ実感がない。ただ、それが嘘でも真実でも、由香のことも彼のことも、まったく恨む気持ちはない。ただ、もう少し精神状態を安定させて、一日でも早くちゃんと彼らと対面できるようになりたい。私が今一番望むのはそれだけだ。

ドクターストップが出て、仕事も休むことになってしまった。正式に診断書が名木先生の手で書かれ、結構な数の精神疾患の病名が悉く塾に伝わってしまった。精神を病んでいる講師が、これからも仕事を継続させてもらえるかは微妙だろう。でも今は仕事のことは二の次だ。周りに迷惑をかけてはいけない。早く元気にならなくては。

五月二十六日

昨夜、弟の会社のノートパソコンを借りて日記を更新し、ブログのコメントに返信をして、いただいたメールに目を通していたら、窓の外から赤ん坊の声が聞こえてきた。最初は空耳かと思ってやり過ごした。

でも、それが赤ん坊の声ではなかったと知ったのは翌朝だった。実家で私が使っている部屋の窓辺に、マエが蹲っていたのだ。ケンカをしたのか、どこかから落ち怪我をしたのか定かではないが、右足の腿から尻尾にかけて深く大きな傷があった。そして、肛門からは腸が飛び出していた。こんな状態でどうやって歩いてきたんだろう。マエは、朝、父が見つけたときは虫の息だった。

でも、私はマエに会えたことの喜びが先に立った。その時はまだ、数時間後にマエがこの世から去るなんて思わなかったから。

書くのが辛い。

でも、私はマエのために書き記しておかなければ。

マエは、獣医師の手によって安楽死した。

マエは、私の腕の中で命を終えたのだ。

マエが、いなくなってしまった。

マエが、もう、いない。いない。どこにもいない。

私は今までこらえていたすべての感情を放って、泣き続けた。

いやだ。いやだ。いやだ。いやだ。いやだ。こんなのはいやだ。


私が昨夜、気が付いてやれたら死なずに済んだのかもしれないと思うと、私も後を追いたくなった。独りで逝かせるなんてかわいそうすぎるよ。ごめん、ごめん、マエ、ごめん。でも、マエは私が帰ったことを知ってくれてたんだね。窓の外で、どんな想いで私を呼んでいたんだろうと思うと、胸が引き裂かれて、もう、私は耐えきれない。マエ、私はね、今、ひとりぼっちなんだよ。マエ、私はね、ずっとあなたのことを抱きしめたくて、ぬくもりが欲しくて、ずっとずっとずっとずっと、待っていたんだよ。

……もう、私には、何もない。


泣き続ける私はクリニックに連れていかれ、注射を打たれた。朦朧とした。それでも主治医の前でも声を上げて泣いていた。「私のせいでマエが死んだ」と。でも、一番泣いていたのは、付き添っていた母だった。母は、初めて、小さい声で言った。

「翔子、あなたにはお母さんがいるよ」

まるで五歳の子供に言うように、優しい。私も、五歳の子供のように、泣いた。

「マエ、帰ってきて」違う、私は、みんなに帰ってきてほしいんだ。

マエも、由香も、そして、諒一くんも。

私は、独りはイヤなんだ。本当は、辛くて辛くて仕方がないんだ。

母が、私の頭を撫でる。

「諒一さんのことを赦してあげなさい。あなたは愛しているんでしょう、諒一さんのことを」

母はゆっくりと私を抱き寄せる。

「でもお母さん、私ね、寂しくて寂しくて、他の人とたくさん寝てたの、お母さん。こんな私だからマエが死んだの。私がこんなだから、みんないなくなるの」

「でも本当は独りはイヤ。私、お母さんに、ずっと愛してほしかったの」

母は私の言葉に驚きもせず、申し訳なさそうに言う。

「お母さんは、翔子がお母さん以上に由香ちゃんを頼っているとずっと思ってたの」

母は、ずっと私の頭を撫で続けた。泣きながら。ずっと、ずっと。

家に帰って、処方された薬を数錠飲む。気持ちは遠くぼんやりするけれど、この悲しみが消えることはない。マエ、ごめんなさい。マエ、どんなに痛かったでしょう。せっかく戻ってきてくれたのに、気付いてやれなくて本当にごめんなさい。

私は、諒一くんのところに還りたい。彼が由香を選ぶなら、それでもいい。私は、もう何も失いたくない。

マエ、今までありがとう。私の支えになってくれて、ありがとう。

さよなら。

五月二十七日

昨日の日記を読み直す。

何も考えずにただ、感情を垂れ流しただけの言葉の羅列。他にはなにもない日記。でも、本来日記とはこういうものなんだろう。眠れないまま朝を迎えた。一晩中、私は私自身を苛み、責め、苦しめていた。マエを殺したのは私だとずっと泣き続け、自分自身の骨をも溶かす量の涙を私は流し続けた。

母は優しい言葉をかけてくれたけれど、こんなに感情を垂れ流す娘に会うのは初めてで、今日は昨日とは違い、幾分戸惑いを見せているのがわかる。母も、まだ手探りなのだ。

姉に対する接し方と同じようにしてくれたらいいのに、母は私にはそれができない。それは長年私自身が母との間に作ってしまった大きな溝のせいだ。

でも、母は「私がいるから」と言ってくれた。

母にとってはどんなにそのひと言を発するのに勇気が要っただろう。ただ、その言葉だけがかろうじて昨日の私を支えてくれていた。

午前中、よたよたとアパートに戻る。

弟が一人で外出するなと制するが、ひょっとしたら手紙の返事がアパートのほうに届いているかもしれないと思う気持ちが捨てきれないのだ。が、ポストにはＤＭや訳のわからないチラシしか入っていない。郵便物を一つ一つ確かめながら、私はまだ待っているのだと気付き眩暈がする。足元がグラつき、急に自分の居場所がわからなくなる感覚に捉われ、倒れそうになる。マエを失った譬えようのないこの喪失感と絶望は、すべての感情を枯渇させ停滞させるにじゅうぶんだ。

主治医と電話でカウンセリングする。どうやら先生は母とずいぶん話し合ってくれていたらしい。諒一くんとも何度か話したというが、何を話したかまでは教えてはくれない。今はカウンセリングのみでは賄えず、投薬のコントロールに神経を注いでくれているが、正直、私は薬よりも先生に会いたかった。

私の大切な猫が私のせいで死んだんです、と言うと「私のせい」って言うのはやめようね。なんでも自分のせいだって思うことないですよ、と優しく窘められる。ペットロスの患者さんも何人も診察している先生は、「時間が一番の薬」だということをとてもよく知っていて、いつか必ず癒せる時が来るんだよと本当に根気強く優しく接してくださる。

「先生に会いに行きたいんですけれど、ダメでしょうか」と私は問う。

「診察はできないけれど、遊びに来たら？」と笑ってくれた。

相変わらずクリニックは予約で一杯だ。どこから見ても普通の若くてカッコいいサラリーマン風の男性が、待合室で雑誌を繰っている。でも、手が震えて、足も揺れているのを見つけてしまう。私は見なかったことにして窓口で名前を言う。顔なじみの看護師が「プレイルーム」に連れていってくれる。そこは広くて清潔な、患者がただ遊ぶための部屋だ。トランプに興じている人もいれば、習字をしている人もいる。これもみんな治療の一環なのだ。私は自分で持ってきた本を開く。躁鬱病患者の中島らもの本だ。『こどもの一生』という本は、偶然にも心療内科を舞台にして繰り広げられる話のようだ。数ページ読んだところで先生が声をかける。

「七井さん、大丈夫ですか？」肩に置かれた温かいぬくもりで私は安堵する。

服用している薬の効果と副作用について簡単に説明される。しばらく同じ薬を続けることになりそうだ。幸い副作用はほとんど出ないし、体重も減ってはいない。先生が多忙だと知りながら、私は母が優しくしてくれたんだと早口で一生懸命に話した。というより、自慢をしていた。幼い子供が「ママに褒められたんだよ」と言いふらしているみたいに。私にとって母を自分の口から「自慢」したのは今日が初めてだ。先生は「七井さんのお母さんは優しいですねえ」と微笑む。

私はそれで満ちる。

だいぶ気持ちが和らぎ、私はクリニックを出る。

マエはもう、埋葬された時間だろう。私は埋められるマエが見られなくて、逃げたのだ。最後まで送り届けられなかった。辛くて、辛くて。

ごめんなさい、マエ。

私が気付いてやれたら死なせずに済んだのかもしれない、どうか私を赦してください、と昨日から何度も何度も唱えている言葉をもう一度吐く。

私は、またアパートに戻り、少し眠った。そして、夢を見た。

由香が笑っている。とても可愛い笑顔。私はベッドに寝ている病人だ。

由香は歳を取っていないのに、私はもう老人だ。皺だらけの手で由香の頬を撫でる私に、由香が言う。

「翔子、早く起きて」

老体を持ち上げる。私の白髪を由香が編む。

「翔子の髪はツルツルしすぎて編みにくいのよね」と中学生の頃、由香がよく言っていた言葉。

三つ編みされた白髪の先に、とても大きなハエが止まっている。掌くらいの大きさのハエ。気味が悪くて思い切り巨大バエを振り払おうと手を振ると、由香はいなくなった。

脂汗をかいて目覚めた。イヤな予感がして、動悸がする。私は安定剤を飲む。由香は今、どんなに辛い気持ちでいるだろうかと考えると、いても立ってもいられなくなる。

私は、こんなところで何をしているんだろう。

「焦ってはいけませんよ」という名木医師の言葉を思い出しながら、私は実家に急ぐ。

もう一度由香に会いたい。今すぐ。早く。印象的な夢を見たせいか、私はとても焦り、弟をすぐに呼ぶ。

「……んだよ落ち着けよ」と苦笑されながら窘められ、私は不安な気持ちのまま、夜を迎える。マエの写真を膝に置き、私はこうして日記を書く。見えない想いと差し出された手を繋ぐために。明日。もう少し元気でいたい。そして、少しずつ二人と向き合える自分になりたい。私の腕の中で死んでいった、マエのためにも、ほんの少しだけでも。あの日、諒一くんが言った言葉を、私は封印している。思い出さないようにと、固く固く栓をしている。

「僕は、由香ちゃんといると、ホッとするんだ」

あの時の、彼の悲痛な声。

もう、答えは出ているんじゃないかと問う自分のもう一つの声にも耳を塞ぎ、目を閉じ、まだ彼を待っている。それは、きっともう、無駄なことかもしれない。膝の上のマエの写真は、決してもう前のようにぬくもりを放たない。愛しい写真だけれど、それは紙だ。マエの、あの温かさが二度とこの膝に還ってこないのと同じように、私の知っていた頃の彼ももう、どこかに埋葬されているのかもしれない。でも、ひたすらにそれを認めたくない自分を私はこうして抱えて生きている。

五月二十八日

由香と諒一くんが私の手紙を無視しているとは思いたくない。でも、あの手紙が着いたとき、二人は私の想いを受け止めきれずに、もう一緒に暮らしていたんだろうか。

弟の怒声と、由香の凍てついた目と、諒一くんの詫びる声。マエの深く抉れた傷。これらがすべて、たった一週間のうちに起こったことだなんてまだ信じられず、体がついていかない。心の修繕が追いつかない。私が立っていられるのは、あまりの出来事に現実感を伴わない場所が心のどこかにあるからだ。結婚式場のパンフレットが色褪せて見える。婚約指輪はもう光を放ってはいない。

私はマエの写真を抱き、名前を呼ぶ。

「おいで、おいで、マエ」……違う。本当に呼びたいのは、今生きている彼の、彼の名前だ。この一週間の出来事が本当にすべて、私の身に起こった出来事だと認識できない部分があるから私は生きていられる。

でも、認識しないのは逃避にすぎない。由香は、今どうしているんだろうか。

彼女が、諒一くんと一緒に暮らしていた五日の間、一度もセックスしなかったというのを聞いて安堵している自分と、それでも二人が五日間も一緒にいたことへの嫉妬が綯い交ぜになり、自分の気持ちが整理できない。いつも誰かに頼ってばかりいた私。でも、やっぱりまだ、今は何もできないでいる。

五月三十一日

諒一くんからケイタイに電話があった。

本当に久しぶりの電話で、理屈ぬきで嬉しくなってしまった。手を伸ばせば届く、耳元の彼の声。笑っている場合ではないのだが、思わず笑みが零れる。なのに、彼の開口一番は、「翔子、体、大丈夫か」でも「ごめんな」でもなかった。

「翔子、由香ちゃんがどこにいるか知ってる？」

「え？　どういうこと？」私はぐるぐると混乱する。

聞けば、由香が、失踪したという。もう彼は彼女の行方しか頭にない。本当だろうか。

由香のご両親がすべてを知ったらしく、今日、私の家にお二人が謝罪に来た。私の両親はずっと無言だった。由香のご両親はかわいそうなほど小さく見えて、その小ささが哀しくて切なくて、私は泣いた。今まで感情を封印しようとしてきた。待ちたかった。待っていたかった。でも、初めて由香をずるいと思った。

失踪できるものなら私だってしたいのに。どこかに行ってしまいたいのは私も同じなのに。いえ、きっと由香のほうが辛い。でも、私がこんなに待っていることはわかっていたはず。どうして、こんなにコトが大きくなって後戻りできない状態になる前に、私のところに来ないのだろう。

今日は母と一緒にカウンセリングの予約があったが、母も私もそれどころではない。母はひたすら「由香ちゃんはこんな子じゃない、なにか本当に深い事情があったのかも。

翔子、辛いけど由香ちゃんの気持ちもわかってあげようね」と穏やかに言う。こんな母の意外な寛容さと優しさに私は打たれ思いがけず驚く。母はそれほど由香のことを好きではないはずなのに。

ただ、私は今、諒一くんに由香を探しに行ってほしくなかった。彼が由香を見つけたらもうきっと私のところには還らないだろうという確信があった。私は、振り絞った。

「諒一くん、由香を、私と一緒に待っていよう。今度は私のところにいて。諒一くん、何も話さなくていい。責めない。約束するよ、だから、私のところに来て」

「由香ちゃんは、自殺してしまうよ、今、絶対一人にはできないよ」

「私は、こうして生きてる！　こうやってずっと、あなたたちを信じて待ってたのよっ！　私だって本当は死にたかった。でも私はずっと自殺念慮と闘ってきた。こうして生きてたんだよ、私はっ！　……由香が死ぬなんて、ずるいっ！」

「翔子、ごめん。僕は由香ちゃんに対しても翔子に対しても責任あるよね。それはわかってる。ごめん、翔子。本当にすまない」

そう言って電話を切った彼は、結局私のところに来なかった。彼は今、由香を探しているのか、それとも何かを考えて動かずにいるのか、それはわからない。わかっているのは、彼が私を選ばなかったということ、ただそれだけだ。

六月四日

母が夕食を支度している。私は下拵えを手伝う。

考えてみたら、こんなふうに台所に一緒に立つのは初めてだ。少しお互いに戸惑っている。でも、見ている父が嬉しそうだ。

「翔子、玄米はそんなに研がないほうがいいんだよ」と笑う母を見て、私はふと、ここにいるのは自分ではないような違和感を覚える。

私の精神疾患はあまり離人症状は伴わないほうだが、最近になって「自分が自分ではない感覚」が頻発する。新しく処方されたちょっと強めの抗鬱剤、今ではすっかり体に馴染んできたけれど、薬に依存してしまう危惧を感じている。少し減らしたほうがいいのかなと思う。

名木先生に電話で相談することにする。

母も父も、婚約者を親友に寝取られた娘という立場の私をどう扱い、どう接し、どう向き合えばいいのか、ひと言ひと言に模索しているのがひしひしと伝わる。その気遣いがとてもありがたい。ありがたいけれど、とても申し訳なくて辛い。

私が「諒一くん以外の人とたくさん寝た」と母に告白してしまってから、母はなぜか異様に優しい。その理由がまったくわからない。私への対処の仕方に戸惑っているんだろうか。普通の母親なら何か諫めたり怒ったりするだろうに。母親として、こういう性的に放縦（ほうしょう）な娘は決して理解できるものではなく、むしろかなり嫌悪し、悩み煩うことなのではないだろうか。

私が想像するに、おそらく母は名木先生の指示に従っているんだろう。でも、そのおかげで母と話すのがずいぶんラクになっている。母に告白したとき、無意識に『こんなことを話しても母は私を受け容れてくれるだろうか』という想いがあったのかもしれない。こんな馬鹿でもこんなに「普通」じゃなくても、あなたは私を拒絶しないかと、母を試したのかもしれない。でもそれは、本当にどうしようもない私の弱さで、甘えだ。どこまで私が堕ちれば母は拒絶するだろうと確かめてみたい子供っぽい感情。それは本当に稚拙で愚鈍だ。

由香のことがずっと頭から離れず、朝から食欲が出ない。でも、これ以上痩せたくない一心で食べ物を口に入れる。すぐに吐きたくなる。でも、我慢して吐かずにいる。せっかく母が作ってくれた心のこもった食事だ。

由香のケイタイにかけるが、すぐに留守電に切り替わってしまう。ずっとこの状態だ。ふと諒一くんはもう彼女を見つけて、また一緒にいるのではという猜疑心が私を襲う。その妄想に吐きそうになり、ぐっと堪え、諒一くんのアパートにおそるおそる電話する。怖い。すごく怖い。でもこのままではいけない。さあ、かけようとケイタイを手に持った瞬間、コールが鳴る。着信履歴に彼の名前。テレパシーが通じたと子供のようなことを思う。

「もしもし」憔悴した声。

「はい」

「翔子、由香ちゃんからさっき連絡あったよ」

「えっ。由香、今どこにいるの？」電話の向こうで咳き込む彼。苦しそうだ。

「三日間ずっとビジネスホテルにいたんだって。これから家に帰るって」

安堵感が私を包む。どうして親御さんにも言わずにそんなことをしたんだろう。不審に思いながらも私は胸をなでおろす。

ただ、諒一くんの声は尋常ではない。とても辛そうだ。

「どうしたの？　風邪引いたの？　大丈夫なの？」

「ああ、大丈夫だよ。翔子、ごめん。こんなことになったのは全部僕のせいだね」

ごほごほと咳き込む彼。苦しそうだ。私は思わず彼の許へ駆けつけたくなる。

「大丈夫なの、体」私が問うと、「翔子は？　あれから倒れてないか」と優しい声。この声は、私の知っている彼の声だ。涙が溢れて止まらない。

今現在、母の食事を毎日食べて、仕事もせずに暮らしている私は廃人のようだけれど、このまま廃れるわけにはいかない。

ひょっとして私は、橋ヶ谷諒一という一人の人間に執着しているだけなんだろうか。繊細な人。穏やかな目をもつ、優しい人。とても、とてもいとおしい弱さを持つ人。執着と呼ばれるならそれでも構わない。私は、彼のその弱さが好きなんだ。

「諒一くん、私、あなたに会いたい」

　電話でハッキリと告げる。やっと言えた。

「由香ちゃんのことを、僕は見捨てられない」

「好きなのね、由香のこと」

「……」

「でも、いいの。それでもいい。私と会って。お願い。それからあなたがどうするか、決めて。私は、由香のことも大切。でも……」

　あなたを失いたくないの、というその先の言葉が出ない。

　私は、明日、あなたに会いに行く。絶対、行く。私は彼にそう告げて、電話を切った。

六月五日
　今日は特別な日だと思うと心がざわざわする。不安と、期待と、会えることの嬉しさ、疑心、嫉妬、怒り、悲しみ、いとしさ……感情という感情がすべて私の心に集積し、私は朝から混乱をきたしている。細い針の尖端が触れただけで一気にバランスが崩れそうな心の脆弱さを私は朝からもて余している。私の落ち着かない様子は、家族にも知らぬ間に伝播(でんぱ)しているようで、母がさっきから、ずっと不安げにしている。
「翔子、今日会いに行くなら一樹と一緒のほうがいいんじゃないの？」
　母の言い分はもっともだ。

でも、私は今日絶対一人で行かなければならない。彼に訊かなければならないことを整理し、ひとつひとつ紙に書き出す。

「書く」ことならいくらでも饒舌になれる私だが、いざ「話す」となると言葉が萎縮し、精彩さを欠き、いつの間にか干涸びて意味を成さなくなるのが私の常だ。

「言葉の発露」という点では両者は同じことのはずなのに、発語と筆記との間にこれだけの乖離があるのは、どこかが障害レベルで壊れているのではないかと思ったりもする。できれば人間関係のほとんどを筆談で済ませたいとすら考えてしまうほど、私は「話す」ことが苦手だ。

何度も声に出して「練習」している私のそんな様子を見た母が、心配で弟に電話したのだろうか、仕事の合間を縫って一樹がやってくる。

「ねえちゃん、またこの前みたいに息ができなくなってぶっ倒れんじゃねーの？　一人で大丈夫かよ」

「子供じゃないんだから、大丈夫よ」

私はそっけなく言う。

「子供じゃない？　ふうん」一樹の声が大きくなる。

「だったらねえちゃん、もっとしっかりしろよ。奴はねえちゃんのことナメきってるじゃんか。奴がねえちゃんを子供扱いして、子供だまししてるんだろうが」

「……もう、いいよ。わかってるよ」

「何をわかってるって言うんだよっ。言っとくけどなあ、俺はこういう道理に合わないことを平気でしでかす奴は許せないんだよっ。ねえちゃんさ、まだあんな男と結婚したいのかよ。もっといい男、探したほうがいいって。結婚に焦ってるのか？」

「……ううん、焦ってなんかいないよ。私は別に歳には拘ってないし」

「だったらなんでそんなにのほほんとしてられんの？　俺にはわかんねえよ。本当にあの男は、……」言いかけてやめた弟は、諒一くんをもっと罵倒したいのをこらえているんだろう、拳を強く握りしめているのがわかる。一樹の怒りが沸点に達しようとしている。

　私は、その時、なにかに不意に突き動かされる。

　意志に反して言葉が滑り出す。

「私が先に諒一くんを裏切ってたのよ、一樹」

　言ってしまった後ですぐに後悔する。

「あー？」

「私、諒一くんと由香のことを責められる立場ではないの」

　一樹の顔がみるみる紅潮する。

「なんだよ、ねえちゃんにも男がいたのかよ」当惑した声。震えている。

「でも、私はずっと諒一くんの心だけが欲しかったの。愛してほしいと思っていたのは、彼だけだったのよ。男がいたというわけではなくて……」

「言ってる意味が全然わかんねぇよ……」一樹が俯いて涙を滲ませる。

そうか、一樹にここまで話す必要はなかったんだと、その涙を見て気付く。弟に私の行為を説明するにはかなりの時間と労力が必要なのに、安易に話してしまったのは、私の甘えだ。後悔が後から後から押し寄せる。

「私、一樹には感謝してる。小さい頃からずっとアンタは私の味方をしてくれてたものね」私は頭を下げる。

「ごめんね、一樹」

顔を上げ、弟が言う。

「……やめろ」

「え?」

「ねえちゃん、諒一さんと結婚するの、やめろ」

「私が他の人と寝たから?」

「違う。ねえちゃんが、他の男と寝ちまうくらい、奴はねえちゃんを寂しくさせてたってことだろう」

「違うのよ、一樹。私の、私だけの問題。私の心の問題なの」

母に溺愛されて育ってきた弟には、私の幼い頃からの葛藤はわからないだろう。それに、たとえ私がアダルトチルドレンだとしても、弟には何ひとつ言い訳は通りはしない。

「でも奴はさ、ねえちゃんの親友と寝たんだろ? ねえちゃんが血迷って浮気したってのとは別のことだろ。まったく違うだろ、赦せないよ、俺は絶対。奴は結局、ねえちゃんのこと、よく見てなかったんだろ。病気のことだって他人事だったんだろ？　そんなのと結婚したってうまくいくわけねぇだろ。なあ、よく考えろよ、な」

弟は少しトーンダウンして、私を見る。

「私は、諒一くんが好き。私は彼以外の人と結婚しない」

一樹は私を思い切り睨む。

「勝手にしろっ！」勢いよくドアを閉めて出ていく一樹。

弟の気持ちが痛い。秘密を告白してしまったことへの後悔だけが私を苛む。心で何度も一樹に謝りながら、私は諒一くんの許に走る。彼の仕事が終わるまで彼のアパートで待っていよう。彼と話すんだ。きちんとしたい。顔を見て、ちゃんと自分の気持ちを伝えるんだ。

久しぶりに合鍵で彼の部屋に入る。

ここで由香は彼に抱かれたんだと思うと寝室のベッドをどうしても見られない。私は余計なことを考えずにすむようにと、台所に立って夕食を作る。久しぶりに彼のために拵える食事。彼の好きなパスタソースをクックッと煮る。彼は九時過ぎに帰ってきた。

「翔子」彼が私の名前を呼ぶ。

ドアを開けて入ってきた彼の顔を見て、私は凍る。彼の顔はどす黒く、目の下に隈ができている。ひどく痩せこけた頬。

「諒一くん、だいじょうぶ?」

「風邪こじらせて。それに今、仕事が忙しくてなかなか眠れないんだ。それだけ。大丈夫だよ」

「スパゲティ食べよう。ホワイトソース作っておいた」

彼が着替えている間にパスタを茹でる。動悸が止まらない。彼がこんなに憔悴しているとは思っていなかった。私はゆっくりと自分を落ち着かせる呪文を唱える。「私は、私以外にはならない。落ち着け、落ち着け。おちつけ……」

何を訊くんだっけと何度も反芻した言葉を思い起こす。私は緊張している。足が震えている。

「食べよう」

彼はおもむろにテーブルに座る。それきり何も言わない。私は料理を並べる。彼は私を見ている。なるべく笑顔でいようと決め、目の前に座る。

「ね、食べよう。冷めないうちに」私が促す。

小エビの入ったクリームソースが美味しそうな湯気を立てている。彼は、黙っている。私をじっと見ている。

私は泣くことだけは禁じてきたが、耐えきれず泣いてしまいそうだ。必死に堪えて、私はスパゲティをフォークに巻きつける。不意に、由香の顔が浮かぶ。由香は今独りでいるんだ。そう考えると、ここにいる自分が申し訳ない気持ちになる。一樹の鋭い声が蘇る。

「ねえちゃん、結婚やめろ」

私は耳を塞ぐ。ぐるぐると思考がうねりを上げる。ああ、薬を飲みたい。今日は「シラフ」で対面しようと、夕方から何も服用していないのだ。弱い安定剤だけでも飲んでくればよかったと後悔する。

バッグに薬が一錠でも落ちていないかと探る。ない。

薬がないと何もできない自分が、とても情けなくなる。

否定的な感情ばかりが私を包む。

その時、諒一くんが言った。

「翔子、翔子の手紙読んでいたたまれなかった。翔子のことを僕は何もわかってなかった」

「あ、読んでくれてたの」

「ああ。由香ちゃんにも書いたろ、あの時」

「うん」

「由香ちゃん、翔子からの速達を読んでから僕のところにきたんだ」

「どうして？」

「自分はここまで翔子のこと、考えてなかったって言ってた。ずっと由香ちゃん、自分のこと責め続けて、見ていられないほど弱ってたんだ。僕がちゃんとしてれば翔子も、由香ちゃんのことも苦しませずに済んだのにな」

彼はスパゲティに手をつけない。

「……翔子、僕は」彼がテーブルの向こうで言い澱んでいる。彼の言葉を遮る。

「どうして私を放っておいたの。由香の気持ちのほうが大切だったの」

「由香ちゃんが目の前にいて、そのときの彼女は僕がいないと本当にどうにかなってしまいそうだったんだ」

「私のことは後回しにしようと思ったの」

「違う」

「どうして一度も私に連絡してこなかったの、二人とも」

同じことを訊いているなと思ったがうまく言葉が出てこない。

「ごめんな、翔子」

「謝らなくていい。だから理由を教えてください」

「僕も由香ちゃんも翔子に会う余裕がなかった。まさかこんなふうになってしまうとは思ってもいなかったことだったから。翔子からの手紙を読んで自分たちの罪の大きさに気が付いて……二人でいるしかなかったんだ。逃げていたんだ。最低だろ、僕は」

キーンと耳鳴りがする。離人感がゆっくりと私を包む。

「一樹くんは僕のこと怒ってるだろ」

「うん、すごく怒ってるよ」

「いい弟さんだよね」

「うん、そう……」私は一樹の優しさを思い出す。泣きたくなる。

「正直、一樹くんと翔子がウチに来たときはパニックだった。あの時、由香ちゃんが毎日食事しなくなってて、僕がいなかったら死んでしまいそうだったんだよ。信じてもらえないかもしれないけど、一緒にいた間は僕らは一度もセックスはしなかったんだ」

「でも、あなたは私から逃げていたのよね」

「すまない」頭を下げる彼。

「でも、一緒よ。私もあなたから逃げていたし」

もうすっかり冷めてしまった料理が寂しく色褪せる。

「僕は、翔子が僕との付き合いに満足してくれてるという自信がなかった。不安は見せずに来たけどな。でも、いつフラれるかっていつも不安だった」

私は驚いて彼を見る。

「僕は翔子の口から聞く前に、翔子の病気のことは名木先生から電話をもらって知っていた。でもそのときはそんなに重いとは知らなかったんだ。翔子の不安定さはいつかきっと僕が解消してみせると思っていた。このことだけは自信があった」

彼は咳き込む。苦しそうな咳。私はほうじ茶を淹れる。

「カウンセリングが負担だった？」

「負担とかじゃなくて、なんていうか……自分は結局無力なんだって、だんだん思うようになっていった」

「そんなことないのに」

「でも、由香ちゃんは翔子のこと何でも知ってて、僕の不安も、由香ちゃんと話すとたちまち解消されたんだよ」

消え入るような小さな声。そうだったのね。私は由香の穏やかな笑顔を思い浮かべる。

「それに由香ちゃんはいつも僕のこと褒めてくれてたから、会うたびに元気が出たり、翔子に対しても自信がついたりしたんだ」

「二人で会ったことがたくさんあったの？」

「それはないよ。でも翔子のことを相談するのに何度か電話では話していた。黙っていてゴメン。でも、僕たちが話すことといえば翔子のことだけだった。それ以外の話題はなかったんだ。いつもいつも二人でキミのことを案じていた。でも、その連帯感が心地よかったのは事実だけどね」

そうだったのか。よくわかったよ、諒一くん。

「由香の気持ちに気付いてたの？」

「全然知らなかった。でも、あの日、告白されたときは、あまり驚かなかった。なんていうか……」

「嬉しかったの？」ああ、こんなこと聞きたくない。

「嬉しいというか、なんていうか、由香ちゃんを、絶対に放っておけないっていうか。いとおしく感じたんだ。ごめんな」

心がざわつくのを感じる。

「僕は誰から見ても最低な男になってしまったけど、ずっと道を踏み外さないで生きてきた僕には、どこかヒトゴトみたいな気持ちがあったかもしれない。無責任なんだけどね」

「そうよ、本当に無責任よ、それって」

「うん、そうだよな」彼は右手で後頭部をしきりに触っている。

「名木先生がさ、あなたと由香は私の擬似家族になってしまっただなんて分析していたわ。きっとそのとおりね」

「擬似家族？　僕にはよくわからない」

「諒一くんと由香が夫婦で、私があなたたちの子供に成り下がってしまったのよ、いつの間にか」私は言葉の虚しさを感じ始めている。

こんなことを話して何になるんだろう。

ふと、三人で大きな看板の蕎麦屋で食事をした後、左右に並ぶ二人に挟まれて、それはそれは楽しい心持ちになっていたことを思い出す。どちらを見ても、私の大好きな人が私を見ていてくれる。あの時の圧倒的な幸福感。

母からも、父からも得られなかった、独特の充足。あれが擬似家族だと言われたら、私は名木先生の言うことを全面的に支持するしかない。

あの時の私は、誰とセックスしている時よりも満たされていた。

三人でお蕎麦を食べて笑いあったのはほんの四カ月前のことなのに、もう数年も前のことのように遠く遠く感じられる。

諒一くんは、ずっと蒼い顔で言葉を選んでいる。私には彼の目に絶望的な諦念が宿っているのが見える。

「それで、結局あなたは、どうしたいの」私は静かに尋ねる。

「翔子、もし、やり直してくれるなら僕と結婚してくれないか」なんて弱々しい声。

「由香のことはどうするの」目を逸らして問い直す。

「もう会わないよ。由香ちゃんと決めたんだ。由香ちゃんはすごく泣いていたけど……このまま死んでしまうかと思うくらい、泣いていたけどね」

彼の瞳にも涙が溢れている。彼のこの憔悴は、風邪なんかではない。きっとこの数日間、何も食べずに由香を探し回っていたんだろう。

「翔子、僕とやり直してください」彼は、泣いている。

「あなたはきっと由香を忘れないよね。今本当に会いたいのは、私じゃなくて由香なんでしょ。ね、もういいから、正直になって、ね。そんな辛そうな顔しないで」

私は手を伸ばして彼の頭を撫でる。本当は私が撫でてもらいたかったけれど、でも、彼はとてもとても疲れている。私は何度も何度も彼の頭を撫でる。
いいこ、いいこ、いいこ、いいこ……諒一くんは、いいこだね。

「あなた以外の人と結婚する気持ちにならない」私はハッキリと言う。
でも、それを言いながら私は静かに決める。もう、いい、解放しよう。
私は、また私自身に戻ればいいだけだ、と。
私の両親は由香でも、諒一くんでもない。
なのに、それを強いてしまったのは、私の罪だ。
それに、私はもっともっと深い過ちを犯している。それを忘れてはいけないんだ。
放とう。彼を、由香を。そして私は、もう、泣かない。
私は、私自身を取り戻す。ただ、それだけだ。
私は彼の胸に飛び込んだ。温かいぬくもり。私は彼のにおいを引き寄せる。
懐かしい、私だけのにおいだ。
抱きしめ合いながら、私たちは、泣けるだけ泣いた。
「私は、ずっとあなたが好き」泣きながら、叫んだ。

私は、合鍵を返した。

深夜、私は心配している家族のもとに帰って、婚約を白紙にすると告げた。

六月六日

婚約を解消するということは二人だけの問題ではない。家族にいかに納得して受け容れてもらうか。これを解決するにはかなりの労力を強いられる。そしてこの労力は等しく彼にも強いられることになる。

母は諒一くんの人柄をとても気に入っていて、婚約した日も誰よりも嬉しそうだった。あのプライドの高い母が、私の婚約の後に父と一緒に万歳三唱したというのだから、母にとって、この婚約解消は本当に天変地異にも等しい大変なことだと思う。

父も母も由香のことは幼稚園時代から知っている。当然、由香のご両親との付き合いも諒一くん一家よりも濃くて深い。その由香が私の婚約解消の要因だということに、皆揃って悲しんでいる。やり場のないやりきれなさを隠しきれずに苦悩する両親を見ていられない。

「辛いのはわかるけど、もっとよく考えなさい」と母が言う。

「誠実を保てない男とは結婚するな」と言う父。そして弟は今、何も言わない。

よほど私の秘密の告白に揺れているのだろうか。姉と兄にはまだ顚末を知らせていない。まあ、でも自ずと（おの）わかることだ。

そして、私はかつてないほど、気持ちが凪いでいる。

こんなにも一人の人を愛せたことに、いえ、こんなにも彼を好きだと気付けたことに驚きさえ感じている。白紙に戻したとしても、私のこの気持ちは変わらない。私は彼のことが好きだ。だけど、このまま私がまた何も変わらないまま彼のそばにいたら、彼はきっと息ができなくなる。彼は私の「親」ではなく「恋人」なんだと再認識するためには、一度離れるしかないんだと思う。でも、これは私側の感情だ。

諒一くんは今、私より由香が心配なのだ。彼の心は今、私にはない。きのう会ったときの彼の目と声で、それはわかる。

「翔子、もし、やり直してくれるなら僕と結婚してくれないか」と言ったあのときの彼の切羽詰まった言葉は、彼自身が由香への想いを払拭しようとした、いわば決意表明のようなものだ。

それはまるで由香と寝てしまってから私との結納を急いだ、あの時の彼のようだ。由香は、私が彼に与えられなかった「男としての自信」を容易く彼に与えた。私を庇護する役でしか諒一くんと対峙できなくなったのは、明らかに私の依存と甘えのせいである。

私は『男は強くなければならない』という刷り込みがない。どちらかというと、男の人が自分だけに見せてくれる「弱さ」に惹かれてしまうタチだ。世間で言うところの「男らしさ」というものにまるで興味がない。私は、女性でも男性でも「人として」愛したいという気持ちがベースにあるのだ。

その一方で、私はオスとしての彼を体で求めていた。この矛盾は私の心の病気によるところが大きいと思う。

　確かに彼の言うとおり、私はずっと満たされない部分を抱えていた。セックスに淡白な彼に、もっと体に触れていてほしかった。

　出会い系サイトで知り合った男に粗雑に抱かれると途端に安心した。モノのように扱われても仕方がない人間だと自虐的になることでしか、快感を得ることができなかった。私には見知らぬ男との刺激的で刹那的で、グロテスクとも言える濃厚な情事が必要だった。

　諒一くんの静かで温厚な愛情と、慈愛たっぷりの抱擁の深さに価値を見出せなかった私は、むしろこうなっても仕方がないのではないかとすら考える。


　午後。諒一くんからケイタイに電話がある。まだ咳き込んでいて苦しそうだ。

「翔子の意思を尊重したい。でも、このまま会えなくなることは考えられない」

「私は、別の形であなたと会えるようにしたいの」

「翔子は翔子だよ。本当に一人で大丈夫なのか？」

「こんなことになっちゃったのは残念だけれど、私はあなたのこと、大好きよ」

「いや、赦せないんだろ、僕のこと。もっと罵っていいんだよ」

「諒一くん……両親には二人で頭を下げましょう」

「…………」

「あなたには、辛いことだと思うけど、会社の人にも婚約破棄を言わなければならないしね」

「そんなことはいいよ。ただ、翔子。僕はずっと待ってるから……」

「ありがとう。でも、もういいのよ、諒一くん。私は自分で自分を取り戻すよ」

「僕がそばにいても、まったく役に立たなかったしな」

「そういうんじゃないよ。あなたが由香と寝てしまったのは、好きだったからよね。由香を好きにさせたのは、ほかでもない私自身なのよ。あなたたち二人はきっと、私といる限りずっと私の親でい続けるわ。それを断つには、一度離れるしかないんだよね」

「恋人として愛せないってことか……」

「違う。今はまだうまく言えない。ただ、あなたは一度自由になって。そしたら見えてくるものがあるかもしれない」

　私は自然に涙が出てしまう。泣かないようにしようとずっと思っていたけれど、きっとこれが最後の電話だ。

「明日の夜、二人でウチの親とあなたのご両親の前で話しましょう」

「僕がすべての原因だから、翔子は頭下げなくていいよ」

「そうじゃないよ。あなたも悪いけど、私はもっと悪いの」

　出会い系で遊びまくったのは一人や二人じゃないんだよ、と言いかけ、言葉を呑み込む。このことだけは言ってはいけない。彼のために。

「慰謝料とかの話になるだろうけれど、私には一切お金をいただく気持ちはない。あなたが悪いのではない。親はいろいろ言うだろうけど私はお金のことはまったく頭にないからね。結納金はお返しします」

「何言ってるんだよ、いいよ、返さなくて」

「本当なら私が倍返しししなくてはならないところなの」

「僕が、悪いんだよ、誰が見ても。翔子が悪いなんてことないだろう」

「金銭的なことは、私にとっては一番くだらなくて、どうでもよくて……そういうことで争うのは一番のストレスになるから、お願いだからそうさせてほしい」

「そうか、わかったよ……翔子……」彼は言い澱んでいる。

電話の向こうで俯く彼の息遣いが伝わる。吐息を引き寄せたい。もう一度。彼の髪を撫でたい。心の奥の奥の、いちばん深いところから湧き出るこの、いとしさ。

彼に抱かれたい。抱きしめられたい、もう一度。

「ね、諒一くん、きのう言えなかったけど」

「何」

「いつか、ずっと歳を取ったらさ、私たちと由香と三人で縁側でお茶飲みながら日向ぼっこしたい」

「……翔子」彼が嗚咽する。

「あなたが誰を選ぶかも、私がどこへ行くのかも、由香がどう生きていくかもわからないけど。でも、きっと、いつかまた三人で、笑い合うの。そのとき私は、七井翔子という一人の人間として、あなたたちに堂々と会えるようにするよ」

「翔子！」彼が再び私の名を呼ぶ。

「諒一くん、今までありがとう。指輪は明日返すね」

ゆっくりと私は電話を切って号泣した。でも、決して堕ちてはいかない。後悔はしない。するものか。

彼と初めて会ったときの、あの緑と、あの白い静謐な光が私の網膜に再現される。美しく、なんの曇りもない彼の心。いとおしい、彼の、弱さ。

諒一くん。ありがとう。

温かな掌

六月八日

主治医に事の顚末を話す。でも名木医師は既に家族の誰かから耳に入れていたのか、さほど驚かない。名木先生の今時珍しい漆黒の美しい髪。束ねられた背中で艶やかさを放っている。精神科の診察室で美しい主治医の髪の艶を見て「綺麗だな」と余計なことを一心に考える私。そういえば私の髪は、手入れを怠ったツケが来てひどくパサついて毛先は死んでいる。枝毛を見つけてしまい、無性に切りたくなるが、ぐっと我慢し、黙する。

私の沈黙を破って先生が言い放つ。

「七井さん、今日はじっくりお話ししましょうね♪」

名木医師が私の顔を見ずにわざと軽薄そうな口調で言う。重たい問題を抱えた時、大概いつも先生はこんな感じの口調になる。

「はい。話します」私は小さな声で返事をする。名木先生はパソコンを見つめ、カルテになにか書いている。

そしておもむろにまっすぐに言う。

「私はあなたの主治医として、これまで何度か婚約者さんと電話で話をしてきました」

「はい、存じています。最初は彼が電話してきたんですか」ずっと疑問に思っていたことを口にする。

「初診のとき、あなたは緊急連絡先として『婚約者』である彼の電話番号を書きましたよね」ああ、そうだった。家族の名前は出せなかったんだっけ。

「失礼かと思いましたが、あなたの場合、第三者の協力が不可欠でしたし、今後の治療方針なども彼と話す必要があったのです。なかなか来院できない状況だったので、私から電話させていただきました」

「はい、わかりました。ありがとうございます」私はつまらないことを訊いてしまったと後悔する。

名木医師は再びパソコンに向かい、キーボードに触れる。いや、よく見ると何も書いていない。記号のようなものが羅列してあるだけだ。何かを言いあぐねているのが手に取るようにわかる。

「七井さん、今から言うことはあなたの主治医として、精神科医として申し上げることです」

「はい」背中に緊張が走る。

「あなたが一旦彼と別れたことを私が云々する権利はありません。でも、治療する過程で、それほどの大きな支えを二つも失うことはあまりにダメージが大きいはずです。七井さんのご決断を否定するわけではありませんが」

「あ、大丈夫です。今は精神的には落ち着いてます。自分で決めたことですから」

「……だいぶ体重が減ったようですね。今、食べてますか」

「少ししか食べられませんが、母が作ってくれる料理は美味しいと思っています」

「今、どんな感情があなたの中で一番大きいですか」

「え、と」なんだろう。悲しみでもない、辛さでもない。もちろん喜びでもない。諦めでもない。自分の心を覗き込む。でも、怖くなって途中でやめる。黙する。

「あなたは、親友と婚約者さんを解放して、精神のバランスを取ろうと図ったのかもしれません。でもあなたの場合、お母様との関係をまだじゅうぶんに取り戻していません。心の傷をそのままにして、その上支えを捨てる行為はあまりに今のあなたには負担です」

「先生、大丈夫ですよ。今、私は嘆いてもいないし、自分の足で歩きたいという気持ちが大きいです」

　私はキッパリ言う。名木医師は私に向き合う。

「七井さん、あなたはずっと『お母さんに褒められたい』と想い続けてましたね」

「はい、そうだと思います」

「一番辛いとき、一番そばにいてほしい人を手放すことは、心が健康な人でもかなりの負担です。あなたは一度に大切な人を二人も放したんです。わかりますか」

「はい」

「あなたが彼らを代替両親として見てきたという私の仮説は、おそらく間違ってはいないと思っています。二人を失ったあなたは今、言ってみればみなしご状態です。わかりますか。酷な言い方ですが」

「はい、わかります」

「今、またここで『いい子』であろうとする必要はどこにもありません。いいですか、あなたはもっと嘆いてもいいし、泣きわめいてもいいのですよ。褒めてもらおうという気持ちは一旦どこかに置いておきましょう」

「え、いいえ、先生、いい子でいたいから別れたのではありません」

「………」

「先生、私は後悔していません。本当です」

「治療という観点から言うなら、あなたはまだ彼の協力が必要だと思います」

「…………」

「七井さんがこれからお薬を減らしながらお母様と健康な関係を築いていくには、あなたが一番愛している人がそばにいるということが不可欠だと思うんです」

「でも、先生、私は決めたんです。私の人生です。大丈夫です」

　私はハッキリと名木医師の目を見て言う。

「そうですね……もし私が医師ではなく、ただの同性としてあなたを見たなら、きっと拍手を送れると思うんですよ」

「え、あ、ありがとうございます……」

「そこまで相手を想えるあなたは素晴らしいと、単純に考えると、思います」

「はい」

「でも、私は医師です」

「はい」

「あなたは、いい子でいる必要はない。わかりますか」

「…………」

「これから先、もしあなたの心が辛くなって、血を流すことになったら……七井さん」

「はい」

「ためらわずに、彼を求めてください。彼に私から話してあります。今はまず体重を増やしましょう。抗鬱剤は毎日ちゃんと飲んでください。それから、食欲増進作用のあるお薬も出しましょうね」優しい声が返ってくる。こんなに親身になってくれる医師と出会えたことを心から嬉しく思う。ただ、婚約解消が時期尚早だと言われたことは正直意外であった。諒一くんとどんな会話をしていたんだろう。薬が少し増えたけれど、でも気持ちは落ち着いている。


雨空の遠く、ふと、「にゃう」という儚げな声が聞こえたような気がした。

マエ、マエ、私をどうか、見守っていてね。ずっと、ずっと、見ていてね。

六月十日

小川洋子（おがわようこ）の小説を読んでいたら、弟が私の部屋に入ってくる。

「ねえちゃんよー、ちゃんとメシ食えてるかぁ？」

仕事で使うデザイン用紙を片手に何やら忙しそうだ。

「あれ、一樹、少し太ったでしょ」私はわざとおどけた風に言う。

「人間、本当に頭にくると食欲が増すってのはどういうことなのか、今度名木って医者に訊いておいてくれよ」と笑う。

私は本を閉じて弟を見る。面と向かって御礼を言うのは照れくさい。

「なあ、ねえちゃんはもう、由香には会うつもりはないんだろ」

「ん……私から連絡すると由香が辛くなるだろうから、今はね」

「ねえちゃん、別れて後悔してないのか」

「もう、こうなっちゃったら仕方ないもんね」私はわざと明るい声を出す。

「結局あの男はなーんにもしなかったなあ」吐き捨てるような声。

「あ、もういいの。彼は今、たぶん由香のことで頭がいっぱいだよね、きっと」

そう言いながら私は、喪失したという実感が少しずつ心に沈潜していくのを感じる。

「あのさ……ねえちゃんが浮気したって話は諒一は知らないよな」

一樹がおそるおそる尋ねる。

「うん、まったく知らない。でも由香は全部知ってるけど」

「えっ？　知ってるのか？」

「うん」

「……ふーん、由香はねえちゃんの弱みを握っていたってことか」

「そういう言い方は止めて」

「うーん……でも、それを諒一に告げ口しなかったってのは、由香は本当にねえちゃんのことも諒一のことも大事なのか。普通はこういうときはここぞとばかりに言いふらすだろうな、自分に有利にするために」

「……告げ口するような子だったら私は最初からこんなに苦しんでなかったのよ」

「うーん、難しいなあ。俺みたいな単純な人間にはよくわからないことだらけだわ、正直」頭を掻きながら一樹はぶるぶると首を振る。

彼と由香が一緒にいてくれればいいと切に願う気持ちと、絶対会わないでほしいという気持ちが交錯する。この気持ちはどう説明したらいいのか、うまく言葉にならない。

「まあ、どっちにしろもう少し体力つけろよ。仕事クビにならないようにしろよ」

弟は少し乱暴な口調で私に言って出ていった。

母とカウンセリングのことを話す。でも、今日の母は機嫌が悪く、私は顔色ばかり窺って話が嚙み合わない。婚約解消したことをまだ現実として受け容れていない母が、そこにいる。

明日は晴れるだろうか。お布団を干して、ふかふかの気持ちでゆったりと眠りたい。

六月十一日

母と久しぶりに外でランチ。お饂飩を食べに近くのお店に行く。両親にはかなり心労をかけている。この先三十四歳の娘がどうなっていくのかという暗澹たる気持ちを持たせてしまっていることに、申し訳なさで一杯だ。

由香のご両親ともいざこざがあったらしく、そのことでもかなりの精神的苦痛を強いてしまった。

今日はじっくり謝罪して今後のことを話そうと思っていた。が、お店に着いたら、なんと姉がいた。

「お母さん、杏子姉さんのこと呼んだの？」不快感を隠さずに問う。

「昨日杏子から電話があったから、翔子とお昼を一緒に食べるって話したら、私も行くって言ったんだよ。断る理由もないでしょ」と平然とした顔。もちろん母は姉への屈折した想いは知らない。

「翔子、ずいぶん痩せたじゃないの」

私の顔を見るなり、キツい口調で話しかける姉。私は途端に雲がかかったような気分になる。

母は姉の顔を見て安堵したのか、婚約破棄の愚痴を言い始める。姉は嬉しくてたまらないという顔をして母を宥めている。

「翔子、大体なんで慰謝料も貰わずにいるのよ。アンタはお人よしっていうよりさ……」

姉が饂飩を啜りながら私に投げる言葉に辛くなり、「もういいのよっ！」とつい、怒鳴ってしまった。姉はわざわざ何しに来たのだろうと思うと、怒りが湧いた。

「よくある話よね、親友に寝取られるなんて。だけど、あの諒一くんがねぇ……。ね、翔子、人は見かけによらないよねえ」ニヤニヤした顔。私は著しく不安定になる。

「……杏子、もう翔子は止めてって言ってるでしょ」母は急におろおろして姉を制する。私は耐えきれなくなり、店を出た。

マエのお墓の前で泣き続けた。どうして杏子姉さんはこんな時私にこれほど辛く当たるのだろう。理由がわからなかった。

仕事をしよう。早く元気になろう。こんなことに私は負けるものか。

ガリガリと薬を齧りながら私は思う。いつかきっとこんなことを言われても、きっぱり泣かずにいられる自分になると。

私は帰宅した母に「さっきはごめんなさい」と言った。母は姉の話はひと言も話さなかった。

六月十四日
久しぶりの快晴。
私は職場に行く準備をする。午前中、まだ職員も生徒も来ない時間に塾長と上司に会うためだ。私は少し迷ってスーツを選ばず、ワンピースを選んだ。優しい色合いの薄いクリーム色。少しだけ襟の開いた、清楚な印象のワンピース。これは諒一くんも気に入っていたし、私も好きな服のひとつだ。

教室に行くまでの道すがら、異様な既視感に捉われる。いつか私はこのワンピースを纏って、誰もいない教室に行ったはずだ。私は結構な頻度でデジャヴを覚えることがある。職場に着く。まだ誰もいない。私は生徒のいない教室に一人入る。

数週間休んだだけなのに、もうなんだか「懐かしい」という感情が呼び起こされている。私は幾分戸惑いながら久々の教室の湿ったにおいを胸腔の隅々まで亘らせる。

片隅に誰かの落としたシャープペンシルが転がっている。あ、このシャーペンは確か眼鏡をかけた鈴木麻衣という女子のものだ、と記憶が鮮明に蘇る。私は生徒の顔と名前をすぐに思い出せたことが嬉しくなる。後で渡そうとバッグに入れようか一瞬考えたが、すぐに教卓の上に置く。教員室に行く。私の机は、活きていない。椅子に座る。机の上の資料立てに、何か挟まっているのを見つける。

白い封筒。手紙のようだ。封筒の裏に［若林信夫］と書いてある。ああ、そういえば若林先生は信夫という名前だったんだっけと思いながら、封を切る。

それはとても長い手紙だった。私なりの言葉で要約してここに書いておこうと思う。

翔子センセ、今日午前中来るって塾長に聞いたから、置手紙を書くことにした。

俺は手紙はあまり書いたことないからうまいこと書けないかもしれん。でも読んでくれることを期待してる。この前センセがぶっ倒れてからずいぶん経つけど、俺ずっとオマエのこと心配してたんだぞ、連絡くらいよこせよ、このボケ。なんか風の噂ではいろいろあったようだけど、人生はいろいろあるから面白いんだぞ。また一緒に楽しくここで仕事しようぜ。ケンカする相手がいないと俺も毎日仕事場に来る気も失せるしな。ま、早く元気出せよ。

あと、まったく下心なしで言うけど、翔子センセが誰にも話せなくなったり、行き詰まったりしたら俺に話していいから。同僚としてマジメに話聞くからよ。俺のケイタイのメアド書いとくから、なんか辛くなったらいつでもよこせ。あとな、メシ食え、メシ。じゃあな。

書いてあったメアドにすぐに返事を書いたが、うまくまとまらなくて送信できず、二十分もモタモタする。

「若林先生、夏の暑い日にまた一緒におでん食べよう、手紙どうもありがとう。またいい男見つける。安心して。」と、結局短文の、ふざけたメールを書いて送った。若林先生の不器用な優しさが私を癒す。本当にありがとう。嬉しい。

ああ、早くまた一緒にバリバリ仕事したいなあと思う。それは恋愛感情とは一番遠いところにあるけれど、彼の人間性に心から温かいものを感じて、私の顔は自然とほころぶ。

高野塾長と、塾全体の実質的な統括者の佐伯専務という偉い人が来て、私は会議室に呼ばれた。佐伯専務は見るからに「経営者」というような、固い雰囲気を醸している。

私が精神疾患に罹っていること、そしてかなりの数の疾患を抱えていること。そうなってしまった経緯などを私はできるだけわかり易い言葉で伝えた。

「七井先生は勤務態度も生徒の評判も良く、なんの問題もありません。実績もじゅうぶんな成果を上げておられます。ただ、予測のつかない状況において先日のように塾の玄関前で倒れたり、泣き喚いたりされると、こちらとしても対処の仕方に戸惑うんです。生徒たちには信頼が篤くても、親はそうとは限らない」

私は頷いて佐伯専務の銀色に光る眼鏡を見る。高野塾長がそれに続いて私に言う。

「この業界、講師の質が最も問われているのは、七井先生もよくご存知のはずです」

「はい、大変ご迷惑をおかけしました。申し訳ありません」

私は神妙に、深く深く頭を下げる。下げたまま、しばし時間が流れる。

塾長と専務は、何かを言いたげにしているのがよくわかる。

「え、と、それと、七井先生、ご結婚のお話は……」と言いにくそうにしている高野塾長の言葉を遮って、私は言った。

「破談となりました。でも、プライベートの出来事と仕事は一切、別です。もう大丈夫です。来週早々にでも復帰させてください」と一気に言う。

「今のご病気を完全に治療されてから、またいらしてくれませんか。七井先生の籍は外しませんから」専務がハッキリと、私の目を見て言う。

「いえ、大丈夫です」私は畳みかける。

「でも、今回お休みされたのは、あなたの主治医からの要請を受けてのことです。ドクターストップをかけられてしまうほどの状態は脱したのですか？　もう一度お墨付きをいただいて、それからでもいいでしょう」

そうか、名木先生に許可を取っていなかったと、そのときになって初めて気付く。ああ、私ってなんてマヌケなんだろうと臍を噛む。

専門医から見ると、私の今の状態は一触即発なんだろうか。でも、正直、名木先生が心配するほど嘆いてもいないし、殊更、事を荒立てようとも思っていない。名木先生が学会から帰るのを待とう。それから診断書を書いていただいて、今度こそ私はちゃんと仕事に復帰しよう。早く社会に出て、人の役に立っているという実感が欲しい。


夜、忘れた頃に若林先生からメールの返信が来た。

「ま、ボチボチ行こう、な」

たったひと言だけ。でも、じゅうぶん伝わる、温かさ。

諒一くんともこんなふうに友人として付き合えていたらよかったのに、と、私は若林先生からのメールを見て、思い出していた。急にとても彼のことが恋しくて、切なくなってしまった。感傷だ、こんな感傷なんかはつまらないと思うそばから、後から後から彼の声が聞こえてくる。

もう、私は、会いたいなんて思ってはいけないんだ。その事実を私はまだ、受け容れられない。

「翔子、ごめんな」

最後に私が聞いた彼の言葉が、謝罪の言葉だったなんて、悲しすぎる。

諒一くんは今、何を想っているんだろう。

タンスの中の衣服を整理していたら、春色のカットソーが出てくる。ふと、その服は諒一くんと初めて抱き合ったときのものだと思い出す。その薄い黄緑色の服は確かに彼の髪のにおいを幽かに宿している。

「諒一くん」

私は彼を呼び、ゆっくりと彼を引き寄せる。いつの間にか、泣きながら眠っていた。

六月十五日
由香のご両親が家に来た。
私の両親と由香のご両親の付き合いは長く、そして浅くもない。私たちが幼い頃は家族ぐるみで泊まりがけの旅行にまで行くような、親密な間柄であった。由香のご両親はとても温かく、人間くささのある純朴な人たちだ。私は由香のお母様と話すと、いつもほんわかと優しい気持ちになれた。

ただ、お父様は優しいが生真面目な方で、今回のことはまだ現実として受け止められないほど傷ついているらしい。娘が、よりにもよって私の婚約者と愛し合うことになってしまうなんて、たしかに真面目一本槍の父親にとってはあまりに残酷な仕打ちだろう。

私は、一人で応対することに決め、ご両親に深く挨拶する。

何度も何度も頭を下げるご両親に、私はなんの感情も抱かない。ただ、とてつもなくやりきれない気持ちが私を蹂躙する。

「私自身が自分で決断したことです。婚約を破棄したことは、由香のせいではないです。もう謝らないでください」

お父様に向かって言う。お父様は目に涙さえ溜める。

「あの子は、ずっといい子で……こんなふうに他人様にご迷惑をかけるようなことをしでかすなんて夢にも思いませんでした。すべて私たちが甘やかしたせいです」お父様はすっかり涙声だ。お母様がひっそりと言う。

「平凡な子だったけど、その平凡をちゃんと保ってきたあの子は、私たちに何ひとつ心配をかけるようなことはなかったんです。ただ遠くから見守るだけでよかったんです。私たちは、由香を信頼しきっていました」

ご両親は揃って目を伏せる。

そうだった。由香は常識という枠を決して踏み外すことはなかった。いつも理知的でいつも冷静で無駄がなく、建設的で計画的で。そして凜として前を向いていた。そんな彼女に、私は甘えきって依存しきってきたのだ。私が甘えて彼女が甘えさせる、その役割分担を無意識に強いてきたのは、全部、私の罪だ。

「由香が失踪したって諒一さんが慌てて連絡してきたとき、私たちはあの子は死ぬんじゃないかと思っていました」

「由香は、今、大丈夫ですか。諒一くんがそばにいてくれるのでしょうか」

一番尋ねたくない、そして一番尋ねたかったことを私は訊いた。ご両親は目を逸らす。

「あの子は、仕事を辞めました」

「えっ」

「もともと、仕事が毎日毎日しんどそうでした。あまりに忙しすぎてお風呂にも入れないことがありましたから、きっと、もう限界だったんでしょう」

そうだったのか。何も知らなかった。

由香はいつもハツラツと仕事をこなし、邁進し続けているとばかり思っていた。想像力の欠如と、思いやりのなさをイヤと言うほど思い知らされる。私は、由香に自分のことしか話さず、由香のことに耳を傾けることすらしようとしていなかった。

それが当たり前の「役割」となってしまっていたのだ。

「今は、パートで事務の仕事をしてます」

あれほどまでに打ち込んでいた仕事を辞めてしまったのか。私は混乱する。

「諒一さんのことはまったく話しません。でも」

「はい」

「きっとあの子は、もう諒一さんには会わないでしょう。当然です」お父様が毅然と言う。

が、嘘をついているんじゃないか、とふと、お母様の顔を見て思う。本当は由香と諒一くんは会っているのだ。その疑念が確信となって私に充満する。

「あ、いいんです、あの、諒一くんが由香のそばにいてくれるなら、そのほうが私は、安心です」

半分嘘で、半分本当の気持ちだ。深々と土下座をしようとするご両親を私は制して、目一杯の笑顔を作る。

「私は来週から仕事に戻れるんです。私は大丈夫ですから、もう」

嘘も方便だ。


由香。

今、あなたはどんな気持ちでいるの。

辛いよね、苦しいよね。由香、あのね、由香、聞いて。

私はね、あなたたちをちっとも恨んでない。諒一くんが私より先にあなたと出会っていたら、こんなことにはならなかったのにね。

でもね、頑張ってきたあなたには、ほころびを見せられる人が貴重だったのよね。それが他の誰でもなく、諒一くんでなければならなかったという理由も、今の私にはよくわかるんだよ。

あなたたちは、私を媒介して精神的夫婦になった。それは、私が子供過ぎたからなのね。誰が良くて誰が悪いというわけではなくて、きっといつかはこうなる運命だったのかもしれないよね。

由香、でもね、私、私はまだあなたのこと、一番の親友だと思いたいんだ。

今度は、本当に「親友」になりたい。あなたを母親代わりとして位置づけるのではなく、子供に成りすますのでもなく、一個の人格、一個の人間として、あなたをもう一度「親友」と呼びたい。今はまだ無理だけど、私の心がもっと元気になれたら、きっと私はあなたに会いに行くよ。そのとき、あなたの隣に諒一くんがいたらどうしようって気持ちがまだ拭えないうちは、会えないけどね。あなたたち二人には、ずっとずっと輝いていてほしいんだ。誰よりも、何よりも。ね、由香。元気でいて、お願い。

深夜。私は長い手紙を書く。そして黙読する。封をして、仕舞う。

この手紙を出したい。いつか、自分の力で。

抽斗の奥から、由香が幼い頃にくれた手鏡をそっと出して埃を払う。

「しょうこちゃん、おたんじょうびおめでとう、これ、ゆかがおこづかいでかったのよ」

由香の声が蘇る。あれから、二十五年。

今、鏡に映っているのは、三十四歳の、女。ひとり。

そう、ただひとりだけだ。

六月十六日
ふと、実家を出て、アパートに戻ろうと決意した。

一人にならないと培(つちか)えないこともある。私は一人で立たなくてはいけない。早く社会に出たい。そのためには薬を減らしていかなければならない。そのためにできることならなんでもしたい。強くなりたい。まずは母の庇護から抜けて、自分ひとりで暮らさなくては。

母に「そろそろアパートに戻って一人で暮らすよ」と言う。するとう「まだダメよ！」と思いのほか強い語調で返答される。私は驚く。そして、思わず笑みが零れるほど嬉しくなる。母が私の身を案じてこんなふうに「叱る」ことは初めてのことなのだ。

過去、母の癇性はいつも理不尽な怒りだけを連れてきて私を苛んできたけれど、でも、初めて母に「子供の身を案じて叱る」という母親の姿を見たのだ。

叱られてこんなにも嬉しいだなんてバカみたいだ。恥ずかしい。でも、これも、まだ私が大人になりきれていないことのじゅうぶんな証明だろう。そしてまた今日も、母の作った食事を摂る。これでいいのかなと忸怩たる想いを拭えないまま。

　それでも母の手料理は、限りなく美味しい。

六月十七日
　弟がバタバタとやかましい音を立てて朝食を食べに来る。

「お、ねえちゃん、顔色いいじゃん。ちょっとは太ったか？」

　納豆メシをかき込みながら、私の顔を見る弟。

「まったく……アンタはどうしてそんなに毎日毎日元気なのよ」と逆に問うと、「ねえちゃんよお、これでも俺が一国一城のトップだってこと忘れてるだろ。俺がつまんないことでクヨクヨしてたら会社なんてすぐに潰れるんだよっ。ガハハ」

　テンション高っ。でも、弟の言うことは道理にかなっている。確かに労働は、瑣末なことにかまっている自分を許さないところがある。働けばクヨクヨしているヒマがなくなるというのも一片の事実だ。早く名木先生に「もう大丈夫」とご診断をいただき復帰したい。私の気持ちを珍しく察したのか、一樹が言う。

「でもねえちゃん、仕事はまだダメだな」

「え、もう少しで復帰できるよ。楽勝」

「いや、ねえちゃんはわかってねえ」

「何が」

「今までどれだけ無理してきたかってことを、もっとわかれよ」

納豆が口についてるぞ、一樹、と言おうとして思いがけなく涙が出る。予期していなかった自分自身の涙に私は自分で動揺する。一樹は二杯目をおかわりしながら続ける。

「ひと言で言えば……今のねえちゃんはさ、割れたコップを接着剤もつけずに無理にくっつけて立てておくようなもんだよ。一吹きで粉々だぜ」

「失礼ねえ。私、そんなに脆くないわよ」

「ま、もう少し母さんに甘えることだな。いいじゃん、仕事なんていつだってできるって」

「うん、でも……」

「無理しないこと。あ、来週の母さんの誕生日、何か買うなら、一緒に金出さないか？」

「あ、そうしてもらったほうがいいもの買えるかも」

「ん、じゃ、明日杏子姉さんにも声かけてみるよ」

え、え、いやだなぁと思って思わず顔に出す。

「あれ？　イヤなの？　そんな顔すんなよ。杏子姉さんもああ見えて心配してるんだぜ。わかってやったら」

うーん。姉を理解したい気持ちはないわけではないんだけどなあ。

六月二十日

ネットで私の日記を読んでくださる方から、精神疾患を克服して結婚したと嬉しいお便りが届く。人の幸せを心から喜べる自分にまた嬉しくなる。

せっかくいい気分でいたのに、突然かかってきて、出るとプツンと切れた無言電話。なんてことない無言電話なのに、とてつもなく不安にかられる。何がそんなに不安なのかは説明がつかない。朝食を拵えていると、耳鳴りがして「ぐわん」と後ろに引っ張られる。

いやな感じの離人感覚が、私をゆっくりと包囲していくのがわかる。

食事を摂ってから飲もうと思っていた安定剤を慌てて飲む。心がざわざわしている。

弟がまた元気を引っさげて朝食にありつきに来る。

「今日は目玉焼きかあ、あれ、焦げてるじゃ……あれ？　ねえちゃん、顔色悪いぞ」弟が心配そうに私を見る。弟の声が遠くに聞こえる。

「おい、ねえちゃん、どうしたんだ。大丈夫かよ。今、母さん呼ぶから」

「あ、やめて、起こさなくていい。大丈夫。なんか、今イヤな電話があって私が出たら切れた」

「またあ、ねえちゃんはそんなことでいちいち不安になるなよ。ただの間違い電話だろ」わかっている。わかっているけど……。

私は電話の切れる音がとても苦手で、一方的にガチャッとやられるとダメージが大きいのだ。

「な、ねえちゃん、今日は外で買い物でもしてこいよ。父の日だし、なんか買ってこいよ。気分転換したほうがいいって、な？　ほら友達でも誘って……」

一緒に買い物できる友達は由香しかいないということを思い出したのか、弟は口を噤む。私は努めて明るい声を出す。

「そうね、そうするよ。出かけてみようかな♪」

午後。

さんざん迷って、私は結局ジーンズにTシャツというラフな格好を選んだ。今日はオンナオンナして街を歩くのがしんどい。

「あ、ねえちゃん、しこたま薬飲んだんだろ？　車で行くのはやめろよ、危ないぞ」

一樹の言った言葉を思い出す。まるで私の保護者みたいだ。ああ、情けない私。駅までは歩いていける距離ではない。久しぶりにバスにでも乗ってみようと停留所を探す。駅行きのバスが来るまであと十三分。私は停留所のベンチでぼんやりと由香のことを考える。由香が今までのキャリアを捨てて会社を辞め、パートで働いていると知って、私はいたたまれない気持ちになる。会社を辞めなくてはならないほど追い込まれていたのか。それほど仕事がキツかったのか。

親友として長年そばにいたはずの私が、何ひとつ彼女の心情を汲んであげられていなかった事実が、いまさらながら私を打ちのめしていた。

「今、誰も、幸せなはずがない」

ふと浮かんだこの言葉に、私は固まる。硬直する体。涙が溢れ出て止まらない。バスがやってくる。止まる。ドアが開く。私は立ち上がれない。

「お客さーん、お早くお乗りくださーい」

運転手が怪訝そうに泣いている私を見る。涙を拭いて立ち上がる。えと、私はどこに行くんだっけ。そうだ、駅に行って隣の大きな街で買い物だっけ。え、何買うんだっけ、えーと、えーと、そうだ、父の日のプレゼントを買うんだった。

私は深呼吸して気持ちを調える。後ろに束ねた髪が急に重たく感じられる。ふと、バッサリとこの長い髪を剪り落としてしまいたい衝動に駆られる。

「翔子の長い髪、とても好きだよ」

私の肩を抱きながら囁いてくれた諒一くんの声が、唐突に耳元に蘇る。

駅に着く。さあ、電車に乗らなくてはと、キップを買う。ホームに立つ。電車を待つ。怖い。怖い。怖い。怖い。突然の恐怖感。

誰かにそばにいてほしい。誰でもいい。誰でもいいから手を、手を繋いでほしい。

「わたしはおとうさんにぷれぜんとをかわなくちゃ」

「アンタはみんなのお荷物だものねえ、そのくらいしなくちゃねえ」

「うん、わかってる、だからかいにいくんだよ」

「アンタはみんなに迷惑かけてるのを自覚してるの。いい歳して何がプレゼントだよ」

「じかくしてるから、もうあまりわたしをせめないで」

「一人じゃ何もできないくせに」

「もうやめて」

「誰もアンタのことなんて愛さないんだよアンタみたいなバカで淫乱な女は」

「やめてってば！」

「ほら、飛び込んでしまえ。ラクになれるぞ」

「いやだ」

「アンタがいなくなったって誰も悲しんだりしないのはわかってるだろ」

「わたしはしにたくない。まだやりたいことがある」

「やりたいことって、また男漁りか？　アンタの取り柄はセックスだけだもんな」

「もうあっちにいってて っ！」

「ほら、早く飛び込んでしまえ。死ね死ね死ね死ね死ね……」

私は遠くから聞こえる声と闘っていた。冷や汗がしとどに流れる。

「そうだな、線路に飛び込んだらラクチンだよなあ……」

私は思い立つ。すくっと立ち上がり、白線を越える。

そのとき、声が聞こえる。

「お母さんは、翔子のことが好きなんだよ。死なないで」

お母さん。確かにお母さんの声だ。

そうだ、母は私にごめんなさいと謝罪してくれてたんだ。

電車がホームに流れ着く。私は汗と涙でドロドロになった顔のまま、乗り込む。

乗ってしまえば「飛び込む」ことはできない。

隣の街に着き、私は家に電話する。

「はい、もしもし」母の声。

「あ、お、お母さん、あのね、あの」言葉がうまく出てこない。

「翔子、今日の父の日ね、久しぶりに外食しようってお父さんが言ってるから。何食べたい？」のんびりとした口調。

「あ、あ、うん、お、お父さんの好きなものでいい」

しどろもどろになりながら、母の声をかき集める。

「あ、それからね、翔子、お父さん、ベルトがボロボロだから、今年のプレゼントはベルトがいいわね」

「う、うん、わかった」

「翔子」

「はい」

「雨になりそうだから早く帰ってらっしゃい」鎮やかに心が凪いでいくのがわかる。

あの、悪魔の一瞬を思い出すとひたすら恐怖だ。

人が発作的に自殺してしまうときの心の葛藤を、私はまざまざと実感した。自殺してしまう人は、引き戻される声があるかないかが生死を分かつのではないかと思った。

少し休んで化粧を直して私は街を歩く。久しぶりの人混み。

「ね、彼女、一人？」久しぶりにナンパされる。背の高い、やたら色が白い若い男。

「私は一人じゃない」

そう呟いて、私は雑踏に紛れ込んだ。

六月二十二日

実家の私の部屋で本を読んでいると、弟の一樹と杏子姉さんが何やら口論している声が別の部屋から聞こえる。あからさまに怒鳴り合っているのではない。どこか声を押し殺し、外に漏れないように気遣いながら、それでも早口で強い語調が私の耳に届く。その声は、とてつもなく私を不安にさせる。

私は最近、「耳」から入る情報にとても敏感になってしまっている。音の発する攻撃性や存在感に、胸が圧迫されるようなイメージが付き纏っている。

薬が効いていないのだろうかとも思うが、薬を切らすとイライラしたり不安感が顕在化するので、確かに効果は出ているのだろう。まるで聴覚過敏だ。だから、ネットでの交流は、音に敏感な今の私にはとても優しいものだ。

毎日届く温かい言葉の渦に私は引き寄せられ、ゆりかごに揺られる赤子のように落ち着き、満ちる。

姉の声がハッキリ聞こえる。

「そうやって一樹がいつまでも甘やかしているから、翔子がああなっちゃったんじゃないのっ！」うわあ、やっぱり私のことで言い争っているのか。思わず耳を塞ぐ。

そんなに長居はしないが、姉は最近よく実家に顔を出す。専業主婦というものはこんなに自分の時間が取れるのだろうか。私には正直なところ、よくわからない。来れば必ず母に愚痴を零し、私を叱咤して何事もなかったかのように帰っていく、

いつ来ても姉は明るくて元気だが、でもどこかに険があるのを私は感じ取っている。姉にしてみれば、いい歳をした私が毎日母の作った食事を食べて、仕事もせずにのうのうと暮らしていることが、さぞかし能天気に映っているのだろう。一樹は姉なりに私を気遣っていると言うが、私にはそれがあまり伝わらない。正直、今、電話の切れる音に匹敵するくらいに姉の声が私を不安にさせる。

姉が弟と口論しているのを聞きたくなくて、私は母を誘って近くのスーパーに買い物に行くことにする。母は「翔子の運転怖いから歩いていくよ」と言ってきかない。まあ、失礼な、お母さん、大丈夫だよ、と言いながらも、たまには母と歩くのもいいかなと思い直す。

まだ六月だと言うのに、すごく暑い。紫外線が怖いのか、母は日傘を持ち出す。

こうやって母と二人で連れ立って歩くのは、いつ以来だろう。もう思い出せないほど昔のことだ。歩きがてら、明日の母とのカウンセリングのことを少し話す。

「ねえ、お母さん、明日さ、名木先生にお母さんの気持ちを全部話してくれるかな」

「お母さんの気持ちねえ」

「私が育てにくかった理由とか、私をどうしても遠ざけてしまったこととか……」

「……そうね……」

暑い。母の歩調が遅くなる。

「大丈夫？　お母さん。歩ける？」

「大丈夫だよ」母はハンカチでこめかみの汗を押さえる。

母の背筋は私よりピンと伸びている。横顔もとても美しい。

母のこめかみに伝う一筋の汗を見ながら、六十歳をとうに超えてもなおこの美しさを保っていられる母に、逆に悲哀のようなものを感じる。もっと素直に自然に歳を取っていけばいいのに。

「翔子」

「はい」私は母の額の汗を拭いてあげたくてハンカチを取り出すが、どうしても手を伸ばせない。恥ずかしいのと、それと、少し怖いのだ。

「翔子は、お母さんのこと憎いでしょ。恨んでいるでしょ」

「え、そ、そんなことない。今はそういう気持ちはない」

「全部お母さんが悪いって言われるのかな、名木先生に」

「そんなことない。誰が悪いって言い方をなさる先生ではないよ」

「そうかしら。翔子、本当にお母さんのこと、赦しているの」

「赦したいって思ってずっと生きてきたし……今は、本当にお母さんに……、」

感謝しているのよ、という言葉が薄っぺらな気がして口を噤む。私は言葉を探す。もっと適切な言葉がないものか。母は、自分で差していた日傘を私に渡す。

「あ、いいよ、お母さん差してていいよ」

「暑いから、倒れるよ。ほら、もうすぐ着くから。交替しようよ」母が言う。

スーパーまであと五分の距離。私は、意を決する。

「ね、お母さん、じゃあ、一緒に差していこうか、ね」

子供の頃から私は自分の傘を持たされ、母と相合傘をした記憶がない。三十四年生きてきて初めての母との相合傘は、日傘だった。

私たち未熟な親子は、やっと今日、一つの傘に入ったのだ。

降り注ぐのは雨ではなく、初夏の太陽の光だ。

母は、傘を差し出されて少し驚きながらも、息がかかるほど近づく。

そして、傘に入ってから初めてそれまでピンと伸ばしていた背筋を少し丸くする。

ほっと溜息をつく。母が、急に小さく感じる傘の中。

昔、母に絞められた首の痛みと、あの苦しみと絶望を、生涯私は忘れられないだろう。でも、きっとこの「晴れの日の相合傘」が、この忘れたいイヤな記憶をすっぽりと瘡蓋で閉じてくれるような、そんな気がする。

私は妙に照れて、妙に嬉しくて、急に饒舌になる。すると母は初めて「護られている」顔を私に見せる。そうだ、私はもっともっとお母さんを護らなくては。

幼少時、ずっと「子供」でいられなかった私は、今でもずっとお母さんの子供であり続けたいと願っていて、甘えていた。母からの愛が欲しくて欲しくて欲しくて、私の目は、いつも物欲しげだった。

でも、母にも辛いことがたくさんあり、それをなんとか乗り越えて大人になったのだろう。虐待の連鎖を止めるには、私が本当の意味で「大人」にならないといけないだろう。いつか私が子を持ったとき、私が子供のままでいたいと思ったままなら、きっと私は同じことを繰り返すだろう。

買い物を終えて家に戻ると、姉が不機嫌そうに立っている。

「どこ行ってたのよ、この暑いのに」

「翔子と歩いてスーパーまで行ったんだよ」母が汗を拭きながら言う。話が終わらないうちから姉が激昂する。

「どうして車で行かないのよ、この暑いのにっ！　お母さんが倒れたらどうするの！

だいたいアンタはいつまでのうのうとこの家にいるのよっ！」私は途端に萎縮する。ああ、いやだ。どうしてこんなふうにすぐ怒鳴るんだろう。

「杏子、そんなに怒らないのよ」母が窘める。

「だって翔子は……」

「久しぶりに歩いて、汗かいて気分がいいんだよ。気分転換には歩くのが一番いいのよ」母は私の体調を気遣って、歩くと言ってくれたのか。

「杏子、翔子が今、すごく傷ついてるのはわかるでしょう」

母が珍しく姉に反論する。

途端に姉が眉間に皺を寄せる。

「母さんいいのよ」私は場を和ませようとわざと笑顔を作る。でも、その笑いを勘違いしたのか、姉がさらに追い討ちをかける。

「みんな甘ちゃんだから、翔子は信じてた由香ちゃんにまで裏切られるようなことになったのよ。ふん。こんな時にヘラヘラ笑って、つくづくオメデタイ女だわねえ」私は固まる。

「やめなさいっ！」姉は思いがけない母の大きな声に驚き、一瞬怯む。そして何も言わずに勢いよくドアを閉めて出ていく。私はオロオロして後を追う。ああ、私がいなければこんな諍いはしなくて済むのにと否定的な感情で一杯になる。姉は車に乗り込み、運転席から、追ってきた私に放つ。

「翔子、アンタ、取り戻しなさいよっ！」

「え」

「諒一くんを取られて、なんでアンタは毎日、のほほんとこの家で暮らしているの」

「……」

「アンタの行動が私には歯痒いのよっ。なんで慰謝料も取らないで、由香ちゃんと諒一くんを好き勝手にさせとくの。私から見たら一樹もお母さんも、お父さんも、みんな偽善者よ。イライラすんのよ、アンタたちのこと見てるとっ！」

姉は涙を浮かべている。

「由香ちゃんのことは私も好きだったから、だから余計に頭に来てるのよ」

嫌っているとばかり思っていたけれど、姉も由香のよさは認めていたのか。

「ボケッとしてないで、なんとかしなさい。どうしてアンタは自分の感情を押し込めて押し込めて押し込めて生きているの。精神病って何よ。私にはただの甘えにしか映らないわっ！」

うん、姉さんにとってはそうだろうなあと思いながら黙って聞く私。

「翔子、カウンセリングなんかしてる時間があるなら、アンタ、由香ちゃんちに行きなさい」

「でも……」

「でもじゃないっ！　アンタは幸せになりたくないのかっ！」

姉が、泣いている。ああ、そうか、こういう表現の仕方でしか杏子姉さんは自分の気持ちを伝えられないのか。やっと、やっとわかったよ、杏子姉さん。私は、姉の気持ちが嬉しかった。

強くなりたい。強くなりたい。私はもっと、強い自分になりたい。

母と歩いた日傘を手にして、私は呟く。

幸せになりたくないのかという問いに、いつの日か堂々と胸を張って「なりたい」と答えられる自分になりたい。

六月二十五日

午後。母とクリニックへ。

名木先生と母は初対面なのだが、電話では数回交流があったらしく親しげに挨拶している。私はなぜか感情が硬直した感じがあり、母と名木先生のやりとりをぼんやり聞いている。名木先生が「翔子さんは今日ちょっと緊張しているみたいだけど大丈夫なのかしら」と初めて私を名前で呼ぶ。ああそうか、私は緊張しているのか、と思って笑う。

「いえ、なんか母が今ここにいることがちょっと、まだ、あの、信じられないというか……」

ああ、もどかしいなあ、またいつもの口ごもり病か。私はいったい何が言いたいんだ。先生は鮮やかに笑みを湛えて言う。

「私は主治医として今日の日をずっと待っていたんですよ。お母様がここに今いらしてくださったということが、とても嬉しいです。翔子さんもそうですね？」

「は、はい」でも母はどう思っているのだろう。

まず母が診察室に呼ばれる。何を話しているのか私にはわからない。母を待っている間、私は待合室で母親に連れられてうなだれている中学生を見る。その女の子はおそらく摂食障害なんだろう、ガリガリに痩せた手足を衣服で覆い隠している。その子はずっと下を向いて寂しそうにしている。その子の隣に座っている母親は居心地が悪そうな表情を隠そうともしない。精神科に来ることに偏見を持つ人が多いのは知っているが、この母親の嫌悪した表情は、あまりにわかりやすすぎる。

今診察室にいる私の母親も内心はあんな表情をしているのかな、とふと考えると申し訳ない気持ちだけが占領し始める。

二十分ほどして母が出てきた。顔色を窺うと、なんと母が笑っている。私の逡巡など吹き飛ばすほどの、今までにあまり見たことのない晴れやかな笑顔だ。名木先生は、いったい何をどう話したんだろう。

「次は翔子の番だよ。あの先生はいい先生だねえ、翔子」母は涙さえ浮かべている。続けて私が診察室に入る。名木先生はカルテに膨大な量の文字を書いている。母との会話の要点を書き記しているのかもしれない。覗き込むと「あら、七井さんダメよ」と窘められて恥ずかしくなる。

「あのー、母に何をお話しくださったのでしょうか。なんだか、とても嬉しそうでしたけど……」怪訝に思って尋ねる。先生はその質問には答えず、言い放つ。

「七井さん、あなたがご家族のもとで暮らしたことはとてもいい選択でしたね」

「あ、え？　はい。……あの時、とても一人ではいられませんでしたから」

「お母様は初めて、翔子が自分を頼ってくれた、っておっしゃっていましたよ」

「え？」

「七井さんは今、出会い系サイトは止めてますよね」

「はい。前のようなガツガツした飢餓感もあまりありませんし、もう出会い系サイトに頼ろうという気持ちにはならないです」

「それだけでもすごいと思いませんか。彼と別れたショックで、以前のあなたならもっと他の人とのセックスに溺れていたはずですからね」

「あ、そうですね……」

「それに、あなたはお母さんに婚約者さん以外の人と性的関係を持っていたことを話したんですね」

「はい、つい、成り行きで……」

「お母様は、そのことをとても案じています。翔子をやめさせてくださいって懇願なさったわ」

「え、そうなんですか」私は胸が潰れる思いになる。

「私には何も言いません」

「私が電話で止めたということもありますが、それでも黙っていてくださったお母様のお気持ちは、素晴らしいと思うわ。ね、そうでしょう」

「はい。そうだと思います」

「あなたのセックス依存が緩和されたのは、婚約の解消のショックでその気にならないというよりも、お母様との関係が改善に向かっているということが要因だと思いますよ」名木先生の声が少し柔らかくなる。私は少し考えて言葉を発する。

「セックス依存は本当にきちんと治ったのかどうか、実は自分でもよくわかりません。本当にもう私は、無性に誰彼構わずセックスをしてしまうことはないんでしょうか」

「あなたは、お母様をこれ以上悲しませたくないと強く思った。それは、自分の体を大事にすることが、すなわちあなたご自身を産み、あなたの体を作ってこの世に送り出したお母様をも大切にすることだと徐々に気付き始めたのだと思います。これは素晴らしいことですよ。今まであなたの体は心や精神とバラバラな状態にあった。けれど、お母様の愛情を真正面から受けた今は、その誤った認識がきちんと正しい方向に変容しているような気がします」

「でも、鬱やパニック発作はまだ全部改善されていないような気がします。正直、まだ精神的に不安な時がたくさんあります」

　言ってしまってから、思わずごめんなさいと謝りそうになって口を噤む。

「セックス依存の緩和と、鬱やパニック発作の緩和はまったく別のものと考えたほうがいいと思います。かつて、あなたは自分の肉体を使って心をも満たそうとしていました。でも、本来は逆よね。心が満ちて初めて肉体的にもすべて本当の意味で充足し満たされていくものだと思いますよ」

　私は大きく頷く。何かが開けたようなそんな気持ちになる。

「七井さん、あなたはようやく少しずつそのことに気付き始めたのよ。お母様のことを受け容れられたから、すべてのことがいい方向に回り始めたのね。これからもっといい方向に進んでいくと思いますよ。ここまで来たんです、少しずつ、ちょっとずつでいいんですよ」

　名木先生に笑顔が宿る。私は心の底から和らいでいく。そして、ずっと訊きたかったことを口にしてみた。

「あの、先生」

「なんでしょう」

「あの、もっとセックスがとても濃厚な彼だったら、私は出会い系には走らなかったのでしょうか」

　上目遣いで名木先生を見ている自分に気付き、ちょっと羞恥する。先生はじっと私を見る。

「たとえセックスで得る快楽で体が満たされていても、心が飢えている状況ではね。彼が淡泊だろうが濃厚だろうが、お母様との関係修復が望めない状況だったら、七井さんは、きっとセックスではなくても、ほかの何かに依存し続けていたのではないかと思います。それは例えばドラッグだったり、カフェインだったり。アルコールであったり、ギャンブルであったり、挙げればキリがありません。いろいろな可能性はありました。依存心には際限がありませんからね」

名木先生はひとつ大きく息を吐く。

「あなたはたまたま、依存の対象がセックスだったということです。それと、七井さんの場合、セックス依存に関して言えば自傷行為としての意味合いも強かったと思います。自分はモノ同然に扱われて当然の、価値のない人間だと思い込む、そんな自己評価の低さも原因だったと思います。どちらにせよ、あなたご自身がご自身の肉体をしっかりと繋ぎ止めていられる今の状況は、主治医としてはとても嬉しいことですよ」

「……でも私、まだ薬を手放すことは不安です」

「急には無理です。薬を断つのには時間も必要ですし、今はまだ薬を手放す時期ではありませんね」そうなのか。少し落胆する。

「お母様がね、毎日翔子の食事をこんなに気持ちを込めて作ったのは初めてだっておっしゃっていましたよ。お母様、あなたの拒食を治そうと必死なの、わかりますか」

涙が出る。そうか、そんなに気持ちを込めてくれていたのか。

「もうあなたの中では、お母様を赦したいという気持ちが確立していますね」

「はい」

「それなら、もっと遠慮しないことです。あなたは今、子供時代をやり直しているのです。子供に還ってもいいのですよ。今だけは」

「はい」頰を伝う涙が膝に落ちる。

「独り立ちしようって毎日考えているのはわかります。でも、焦らなくてもいつかきっとできますよ、だからもっと時間をかけましょう。あなたはあまりにも傷つきすぎています」

「母も子供時代に何らかの虐待をされていたのではないかと、私から話題にしてもいいでしょうか」

「いいでしょう。きっとお母様も気持ちを開いてくださるでしょう」

「母はカウンセリングを終えた後、笑っていました。嬉しそうでしたけど、どうしてですか？」

「……初めてご自分の心のうちを開放したんです。それと、私がすべてお母様を肯定して差し上げたので、嬉しかったのかもしれないですね。お母様も、ずっと不安でいらしたんだと思います。お母様のこと、わかってあげられますか」

「あ、はい。わかります」

「七井さん、あなたもお母様を受け容れましょう。もっと甘えましょう。今はそれだけでいいんですよ」

はいと頷きながら、本当にそれだけでいいんだろうかという考えが頭を擡(もた)げる。

「彼とは、連絡は取っていらっしゃらないのね」

「はい、私からはしていません」

「じゃあ彼からの連絡を待っているのですか」

「いえ、そうじゃなくて……」

「あなたは、戻ってくるのを待っているんじゃないのかしら?」

違います、と言いかけて本当に違うのかと自問する。

「いいですか、あなたが今やることは、お母様との関係をやり直すことです。それはたぶん、うまくいくでしょう。あなたが意地を張ったり妙な気遣いをやめれば、きっとお母様ももっと気持ちを開いてくださるでしょう。そしてその次にやるべきことはなんだと思いますか?」

「自立だと思います」

「そう。自立。でもね、できれば……」

名木先生は右手でマウスを触りながら、言い澱んでいる。

「もう一度彼や、親友の方とお話しできるような強さを身につけていってください。それも自立のうちに入ります。でも、とにかく今は焦らないでください」

「はい」

「あなたの選択が間違っているとは申しません。ただ、」

「はい」

「彼とのことは、このままではいけません」


帰り道、私は母と甘味のお店に入った。あまり間食をしたがらない母が、あんみつを食べる。とても美味しそうに食べている。母も、祖母に虐待されていたのだろう。きっと私よりずっと痛くて辛い日々だったに違いない。そう考えると、なんだか涙が溢れて仕方がない。かわいそうだ。このプライドの高い母が、赤の他人に心を開くのは並大抵の決意ではなかっただろう。でも、解き放たれたような顔であんみつを食べる母。急に母が小さく見える。

「お母さん、本当にいろいろ心配かけてごめんなさい」

私は涙を拭って言った。母はちょっと驚いて、今にも泣き出しそうな、少し頼りなげな表情でたったひと言だけ「いいんだよ」と笑った。

六月二十六日
いろんなことを考えた。
先生の言葉や、弟の一樹の励まし。杏子姉さんの叱咤。そして、父の温かい言の葉のひとつひとつを思い起こした。

そして、諒一くんと由香のことを考えていた。

今、私はどうすればいいのか、それは私自身が答えを出すしかない。一番欲しいものは、なんだろう。……それは、自分自身への愛と信頼だ。自分を愛することができるようになるためには、今の私に何が必要なのだろう。

由香に会おう。私はあれから一度も彼女の顔を見て話していない。彼女が今、何をどう考えているのか、ちゃんと訊いてみたい。

先日の杏子姉さんの叱咤は、私にとってかなり効いた。それまで姉は私にとって脅威であり、少しだけ疎ましい存在であった。けれど、その姉が私のために泣いてくれたのは、重い意味を持つものだった。

由香が今、何をどう考えているのか。

過去を振り返り責め立てるのではなく、彼女を心から理解するために会って話してみたい。

もうすぐ六月も終わる。

紫陽花(あじさい)の色が移りゆく。私は枝を剪り、マエの墓前に供える。マエ、私に少しだけ勇気をちょうだい。

壁に飾った猫の写真のカレンダー。そのカレンダーには諒一くんとの結婚の準備予定がビッシリ書き込まれていて、胸を抉る。

ウエディングドレス一回目試着。

招待状の作成打ち合わせ。

ウエルカムボードの発注日。

引き出物の買い物。

花束贈呈の花選び。

結婚式場のプランナーとの約束日には、すべて蛍光ペンで星が書いてある。私は自分の書いたカレンダーの文字を見つめている。あの頃、私はどんな気持ちでこの予定を書き込んだんだろう。もうなんだか、遥か遠い昔のことのようだ。

カレンダーの前に立ち尽くし、無言で自分の煌めいた文字をじっと見ていた。

六月二十八日
私は精神疾患患者だ。
自分は『あっち側』に行ってしまった人間だから、という言葉を聞いたことがある。待合室で患者同士が話すことはあまりないが、たまたま隣りに座った三十代と思(おぼ)しき美しい女性がそう言ったのだ。その女性は境界性人格障害という病気で、人とのコミュニケーションがうまくいかないんだと話した。私の好きな漫画家がこの病気に罹っていたなと思い出す。この病気は身体的にもかなりしんどくなるらしい。その女性は「『こっち側』の人間は、私の病名を知るだけで離れていくしね」と薄く笑っていた。差別される側が、差別されても仕方がないと容認してしまうことは、あまりに悲しい。

名木先生に診断書をもらいに出かける。先生は相変わらず優しい笑顔を見せて言う。「七井さんの心の傷口は一見綺麗に縫いつけてあるように見えますけど、縫った糸は紙の糸。今あちこちから引っ張られたらすぐに切れます。太い針金かピアノ線で縫いつけ直しましょう。お仕事はもう少し待ちましょうね」

自分はそんなに重症であるという自覚がないので正直、どこか他人事（ひとごと）のようだ。私は早く仕事がしたい。

病院から帰る途中に自分のアパートに寄る。しばらく放っておいた部屋はうっすらと埃がかぶり、においがこもっている。窓を開けて換気し、掃除をする。ポストを覗く。白い封筒が見える。郵便物は止めてもらっているので手紙は届かないはずだ。私は「由香」と小さく叫んで急いで封を切る。手が震えてうまく開封ができない。ガタガタと震えながら便箋を開く。

「翔子へ」と一番上に書かれた文字。それはよく知った、由香の字だ。思わず私は怖くなって閉じた。ある予感がして先が読めない。動悸を抑えながら、私はアパートを片付けて、手紙を実家に持ち帰った。とても一人きりでは読めない。

家に帰ると母が「翔子、枝豆茹でておいてくれる」と忙しそうに私に声をかける。私は「少し待っててね」と言い残して自分の部屋に行く。そして由香の文字を拾う。ああ、頭に入らない。ええっと……、そうか、もう一度、一行目から読もう。

「翔子、本当にごめんなさい」という文字が網膜に焼きつく。胸が苦しい。動悸が激しい。その動悸の激しさで、この手紙が本当に由香からのものなんだと実感する。

もう一度、今度はきちんと目を凝らす。

翔子へ

手紙の返事がこんなに遅くなってごめんなさい。そして、いろいろなこと、本当にごめんなさい。

私は翔子に自分の心の中を何も話していませんでしたね。

諒一さんに私が翔子の親代わりになっていたんだということを聞きました。でも、それはないです。

私が翔子の親になんかなれるはずがありません。

私はずっと翔子のことが羨ましかった。

小さい頃から、あなたはいつも誰かに手を差し伸べられていたでしょう。あなたはお母さんに愛されてないといつも嘆いていたけれど、それでも私は羨ましかったの。翔子は私が持っていないものをたくさん持っているよね。いつも綺麗で、学校の先生からは信頼されて、男の子からはモテて、その上あんなに素敵な彼ができて婚約までして好きなように出会い系サイトで遊んで、仕事も生き生きとうまくやれて、お金も持ってて、優しい家族がいて。

だからこそ、そんな翔子がちっとも幸せそうじゃなかったことが、私は苦しかったの。

諒一さんを好きになってしまったことは、自分でもまだ信じられません。翔子を悲しませようなんて一度も思ったことはないです。翔子から諒一さんを奪うとか、そんな大それた気持ちなんかもちろんなかったし、ましてや婚約を破棄させてしまうことなどまったく考えもしていませんでした。

でも結果的に翔子の幸せを崩してしまったのはこの私です。

謝って済むことではないのはわかっています。

こんなことを言う資格はないけれど、私は初めてきちんと男性を好きになった気がします。

諒一さんと会うまでの恋愛は、なんとなく恋に恋していたみたいな感じで、心を痛めることもない代わりに相手にドキドキしたり胸が苦しくなるようなこともなかった。

けれど私、諒一さんに会うといつもそわそわしてドキドキして、普通じゃいられなくなっていました。

あんなに純粋で温厚な男性がいるんだって、驚いてもいました。

そんな心の中を翔子に悟られないように必死で頑張っている自分がすごく嫌だった。

諒一さんへの気持ちをどうすることもできなくなっていくのを止められなくて、いちばん大切な親友を裏切ってしまいました。

何をぬけぬけと、と思われてしまうでしょう。

でも、これが今の私の、嘘偽りのない本当の気持ちです。

翔子にどうやって償えばいいのかわからないと思っていました。今もわかりません。

もちろん諒一さんとは別れるつもりでしたし、ずっと会っていません。

私は妊娠が判明しました。諒一さんの子です。この手紙を書いたのは、産む決意をしたからです。彼とは結婚しません。でも。初めてこんなに好きになった人の子を産みたい、この気持ちを捨てることはできません。翔子、ごめんなさい。

私はもう諒一さんとは会わない。信じてほしい。これから先のことは私と彼の問題です。だから先々のことはどうか不安に思わないでください。

文面はまだ続いている。でも、私はこの先を読み進めることができなかった。読まなかったことにしたかった。崩れ落ちそうだった。でも、逃げてはいけない。これが現実だ。

私は今日これから、由香と会わなくてはいけない。

（下巻へ続く）

＊本書は、二〇〇三年十二月十五日から二〇〇五年二月一日までCGIBOY「日記のススメ」に掲載されたブログ「翔子の出会系日記」の書籍化『私を見て、ぎゅっと愛して』（上・下／アスコム、二〇〇六年刊）を、大幅に加筆修正した上で文庫化したものです。

＊本作品は著者の実体験を基に再構成したものですが、本書に登場する個人・団体・企業名等は全て仮名です。

私を見て、ぎゅっと愛して　上

二〇二一年二月一〇日　初版印刷
二〇二一年二月二〇日　初版発行

著　者　七井翔子
発行者　小野寺優
発行所　株式会社河出書房新社
〒一五一−〇〇五一
東京都渋谷区千駄ヶ谷二−三二−二
電話〇三−三四〇四−八六一一（編集）
〇三−三四〇四−一二〇一（営業）
http://www.kawade.co.jp/

ロゴ・表紙デザイン　粟津潔
本文フォーマット　佐々木暁
印刷・製本　中央精版印刷株式会社

Printed in Japan　ISBN978-4-309-41792-9

窓の灯

青山七恵　40866-8

喫茶店で働く私の日課は、向かいの部屋の窓の中を覗くこと。そんな私はやがて夜の街を徘徊するようになり……。『ひとり日和』で芥川賞を受賞した著者のデビュー作／第四十二回文藝賞受賞作。書き下ろし短篇収録！

やさしいため息

青山七恵　41078-4

四年ぶりに再会した弟が綴るのは、嘘と事実が入り交じった私の観察日記。ベストセラー『ひとり日和』で芥川賞を受賞した著者が描く、ＯＬのやさしい孤独。磯崎憲一郎氏との特別対談収録。

また会う日まで

柴崎友香　41041-8

好きなのになぜか会えない人がいる……ＯＬ有麻は二十五歳。あの修学旅行の夜、鳴海くんとの間に流れた特別な感情を、会って確かめたいと突然思いたつ。有麻のせつない一週間の休暇を描く話題作！

泣かない女はいない

長嶋有　40865-1

ごめんねといってはいけないと思った。「ごめんね」でも、いってしまった。——恋人・四郎と暮らす睦美に訪れた不意の心変わりとは？　恋をめぐる心のふしぎを描く話題作、待望の文庫化。「センスなし」併録。

浮世でランチ

山崎ナオコーラ　40976-4

私と犬井は中学二年生。学校という世界に慣れない二人は、早く二十五歳の大人になりたいと願う。そして十一年後、私はＯＬになるのだが？　十四歳の私と二十五歳の私の“今”を鮮やかに描く、文藝賞受賞第一作。

あなたを奪うの。

窪美澄／千早茜／彩瀬まる／花房観音／宮木あや子　41515-4

絶対にあの人がほしい。何をしても、何が起きても——。今もっとも注目される女性作家・窪美澄、千早茜、彩瀬まる、花房観音、宮木あや子の五人が「略奪愛」をテーマに紡いだ、書き下ろし恋愛小説集。

著訳者名の後の数字はISBNコードです。頭に「978-4-309」を付け、お近くの書店にてご注文下さい。